招キ《マネ》探偵事務所

字幕泥棒をさがせ

高里椎奈

講談社
タイガ

目次

イラスト――ハルカゼ
デザイン――岡本歌織（next door design）

招キ探偵事務所

字幕泥棒をさがせ

第一章　黒音幸多

1

映画館にも自動改札機があれば良いのに。

黒音幸多《くろねこうた》は無心で半券を切った。

右手で本体を切り離して客に返し、左手に残した半分を小指で挟んで、次の客のチケットを預かる。合間に回収ポーチへとまとめて移すが、開場直後と上映間際は手を休める暇がない。終《しま》いには小指が攣《つ》りそうになる。

「三階右手、一番スクリーンです。三階右手、一番スクリーンです」

上映開始十分前、二階にあるロビーで幸多は開場を待ちかねていた人々にひたすら同じ案内を伝えて、背後のエスカレーターへと送り出した。

開場は上映十分前。

最寄りは小さな駅だが、周囲に大型資本の映画館がない事もあり、休日、平日共に客足は安定している。更に話題の映画『傘でフランスを歩きませんか』が公開初日を迎え、当館最初の上映回ともなれば、満員御礼の盛況ぶりだ。

（十一時、予告が始まったかな）

漸《ようや》く途切れた入場列に一息《ひといき》吐いて、幸多はロビーを見遣《みや》った。

巨大モニターを設置して絶えず流されるのは最新の予告編だが、白く塗り直した壁を彩《いろど》るのはフレームで保護された古い映画のポスターだ。寛《くつろ》いで待つ為《ため》のソファがロビーの其《そ》処此処《ここ》に置かれて、丸テーブルと観葉植物が喫茶店の様な雰囲気を醸《かも》し出す。

昭和を生きた事がない幸多でも懐《なつ》かしさを覚える、時を忘れた空間だ。まるで現代と近代が重なり合ったようで、映画という非日常への入り口に相応《ふさわ》しい。

幸多は細胞に刻まれた過去に触れる感覚がして、微睡《まどろ》むように目を細めた。

「バイト！　仕事が雑だぞ」

小鳥の威嚇《いかく》さながらの高音で咎《とが》められ、幸多は瞼《まぶた》を開き、長い前髪の間から仁王立《におうだ》ちになる少女の姿を認めた。

「桃乃《ももの》」

青い運動靴で床を踏みしめて、眼鏡《めがね》の奥で幸多を睨《にら》む。ふたつに分けて結《ゆ》った髪が肩口に流れて、ランドセルのベルトが見え隠れした。

幸多は膝《ひざ》に手を突いて身を屈《かが》めた。

「学校は？」

「土曜は三時間。サボりバイトと一緒にするな」

「サボってないぜー」

「手がサボってる。切り口がガタガタだ。な、結仁《ゆに》」

桃乃が肩越しに水を向けると、彼女の背に隠れていた少年が顔を覗《のぞ》かせる。

「……ぼくは、別に」

結仁は長い前髪の下で目を伏せて、ぼそぼそと答えた。

学校帰りの小学生が映画館に入り込んで、見咎める従業員がいないのは、この姉弟がオーナーの子供だからだ。流石《さすが》に仕事に関しての発言力は持たないが、幸多にも途中から手元が覚束《おぼつか》なくなっている自覚があった。

（俺には何百人分の一人でも、客はそれぞれこの映画を観《み》る一度きりの機会かもしれない。どうせなら気分良く観て行って欲しいな）

考え込む幸多の前方で早速、防音カーペットを踏む気配がする。客だ。

幸多は意識的に口角を上げて振り返った。

「ようこそ、奥田《おくだ》映写館へ」

「………」

時が止まった。

チケットの端《はし》が覗く手。今まさに床から離れようとしていた左足の爪先《つまさき》。形の良い目は見開かれていつもの涼やかさを崩し、朗《ほが》らかな笑みは完全になりを潜《ひそ》めている。

客は長いジレの裾《すそ》が床に付くのも構わずにしゃがんで、小さな二人に笑いかけた。

「やあ、桃乃さん。結仁さん」

等身大の立て看板に写る俳優にも引けを取らない長身が、コンパクトに折りたたまれて小さくなる。耳が見え隠れするほど伸びた髪は柔らかく、睡眠不足とは無縁の肌艶《はだつや》と相まって、奇妙な言い方だが珠《たま》の様な大人という表現が馴染《なじ》んだ。

「雪穂《ゆきほ》さん、こんにちは」

桃乃と結仁が行儀良く応える。

雪穂が立ち上がると、幅の広いズボンが空気を含む。ジレの下にサスペンダーが覗く。放置された時間の分、幸多の羞恥心《しゅうちしん》がじりじりと心臓を炙《あぶ》った。ここでアルバイトを始めて以来、初めての営業用満面の笑みチャレンジを、選《よ》りに選って知り合いに見られるとは不運が過ぎる。

「先生。言いたい事があるなら」

「言って良いの？」

上目遣いで聞き返す声が楽しげな響きを含んだ。

わざわざトドメを刺されに行くほど幸多は被虐的ではない。

「早く入って。予告、始まってるから」

幸多は彼の手からチケットの角を摘《つ》まんで抜き取った。半券を切りながら見ると、座席番号は後方ブロックの中央である。数人の客の前を通る席だ。幸多の羞恥心を抜きにしても早く入った方が良い。

「いってらっしゃい」

「ありがとう」

幸多は雪穂に半券を押し付けて急《せ》かしたが、彼は悠長に礼を言ってから、全く焦りの見えない足取りで悠然とエスカレーターに乗った。

全てのスクリーンが上映時間に入ると、幸多の仕事はなくなる——訳ではない。

「幸多君。追加のカップ、S取ってきてくれる?」

「はい」

「あ、幸多君。バドラグのフィギュアって今日入荷だっけ?」

「一月《ひとつき》発売延期で入荷見合わせです」

「危ない。常連さんの取り置き受けるとこだった」

個人経営の奥田映写館は最小限の人員でシフトが組まれている。桃乃と結仁の父親である社長の他に社員は五人。アルバイトは曜日やシーズンによって人数が変動する。

幸多は顔見知りのよしみで手伝いに入ったのがきっかけで、近頃では週五日勤務が恒常化していた。特別、映画が好きな訳ではないが、客の楽しそうな顔を見るのは好きだ。

「島本《しまもと》さん。ポップコーンのSとL置いておきます」

「Lも切れてた?」

フードメニューを預かる社員が子供みたいな目を丸くしたが、理由は単純である。

「休憩時間に新フレーバー食った時、ラス二だったんで」

「ははあ。どうだった? トマトチーズ」

「サラダにかけたら美味《うま》そうです」

「分かる」

島本がガムシロップを補充して深く同意した。

「二番そろそろですね。清掃行きます」

「お疲れー」

島本が子供のおまけに用意された飴《あめ》をひとつ取って投げる。幸多はそれを受け取り、会《え》釈《しゃく》をして劇場へと向かった。

上映設備は三階に二機、四階に一機ある。三階の第二スクリーンは収容人数が最も多く、清掃の初動が後々の作業にまで影響する。

静かだった廊下にドアの開閉に伴って音楽が漏れ、エンドロールに入ったのが分かる。

幸多は回収ワゴンに新しいゴミ袋をセットした。

そこまでは、いつも通りだった。


ワッ！


歓声に似た声が湧《わ》いた。

エンドロールに仕掛けがある映画だっただろうか。幸多は耳を澄ましたが、第二スクリーンからは情緒溢《あふ》れるピアノの音しか聞こえない。

再び、大笑いする声が響く。

こちらではない。第一スクリーンだ。

（笑う映画ではなかったような……）

幸多は首を伸ばして、第一スクリーン入り口に貼《は》られたポスターを見遣った。

凱旋門《がいせんもん》を背景に男女が見つめ合い、三人目の男性が憎悪を滾《たぎ》らせて薬瓶《くすりびん》を握る、恐怖ありのロマンス映画である。

幸多が首を傾《かし》げていると、第二スクリーンと第一スクリーンのドアが同時に開く。第二スクリーンは終了時間だが、第一スクリーンは上映が始まったばかりだ。そちらからざわざわと不穏な雰囲気が伝わったかと思うと、女性二人組の客が勇《いさ》ましい足取りで幸多の前に立った。

「返金は何処《どこ》?」

幸多の母親と同世代だろうか。長時間の鑑賞に適したゆったりした服装で、髪も後頭部を避けてサイドにまとめている。映画館に不慣れな印象は受けないが、随分と初歩的なクレームだ。

幸多は回収ワゴンから手を離した。

「チケットは映画一本単位の料金になるので、お客様が途中で席を立たれたとしても、返金は出来ないんです」

遅れて来ても、居眠りしても、エンドロールを見ても見なくても客の自由だが、返金や割引に応じる義務は映画館側にはない。チケットの裏面にも記載されている筈《はず》だ。

ところが、二人組は納得しなかった。

「あなたじゃ話にならないわ」

「払い戻しは何処でしてもらえるの?」

「払い戻し出来るのか」

若干、声高になった女性の問いを聞き付けて、第一スクリーンから出て来た数人の客が幸多に詰め寄る。

「チケットは映画一本単位の料金なので」

幸多は冷静に説明をしようと試みたが、折悪く上映が終わった第二スクリーンからも一気に客が流れ出して、物見高く足を止める者に通路を狭められ、俄《にわ》かに交通渋滞を引き起こした。

目を離した隙《すき》に、払い戻し請求に加わる人数が増えている気がする。

「つまらなかったから金返してよ~」

面白がって便乗する客まで現れ、幸多は完全に客に取り囲まれてしまった。

このままでは怪我人《けがにん》が出かねない。

幸多は背がさほど高くない分、両手を掲げて注意を促《うなが》した。

「払い戻しは出来ません。出火等、上映を阻害した原因が映画館側にある場合を除いて、チケットを購入されたお客様が仮に劇場には入らなかったとしても——」

「それよ!」

最初の客が声高に幸多を詰《なじ》る。

幸多は改めて彼女と向かい合い、自分の笑みが僅《わず》かに遠のくのを感じた。

何かが決定的に奇妙《おか》しい。

「お客様。それって言うのは……」

聞き返すと、客は要領を得ない幸多に苛立《いらだ》ったように糸切り歯を擦り合わせて、手にしたパンフレットの表紙を叩《たた》いてみせる。

フランスの美しい雪景色と物憂《ものう》げに見つめ合う男女の写真。

「映画と違う字幕を流したんだから、映画館の落ち度でしょ」

客が怒声を張り上げると同時に第一スクリーンのドアが開いて、寄席《よせ》さながらの大爆笑が聞こえた。

2

チケットカウンターに臨時で払い戻し窓口が設けられた。

初回を観た客が詰めかけて、一時は窓口の硝子《ガラス》が割れてしまうかという騒ぎになったが、最後尾の札が掲げられると、札より前にいた人々は互いに前後を見極めて列を成し、後方で様子を見ていた人達は札を先頭に並び始めた。

他の映画は予定通り上映されるので、対応に掛かりきりにもなれない。また、件《くだん》の映画の十三時以降の回は上映取り止めとなり、座席予約をして訪れた客に事情を説明してキャンセル処理を行う必要があった。

土曜で出勤人数が多かったのを幸いと見るか、客が多かった方を不運と取るか。

幸多は社員達の仕事を手伝って館内を駆け回った。第一スクリーンの上映が中止された分、手は空いている。しかし、不機嫌な客に罵《ののし》られ、嫌味を言われ、汗をかきながら対応する社長や社員の姿を見るのは心が痛んだ。

(笑って許してくれる人ばっかじゃないよなあ)

幸多はＤＶＤを観る時に表示される音声と字幕の選択画面を思い浮かべた。この映画館を巨大な再生機器と見て、もし第一スクリーンの映像に第三スクリーンの字幕を選択してしまったとしたら、客が怒るのも当然だ。

幸多が第三スクリーンへの入場案内を終え、次の仕事を探してロビーを見回すと、蛇行《だこう》する払い戻しの列が徐々に薄くなり、窮屈な視界が開けて呼吸が通る感覚がする。列の最後尾がヘアピンカーブを曲がって、こちらへ顔を見せた。

「先生」

最後尾の札を持っていたのは雪穂だった。幸多が切り離した半券を箱に入れながら見ていると、雪穂は並びに来た別の客を自分の前に入れる。

幸多は慌《あわ》ててロビーを横切り、雪穂の眼前に滑《すべ》り込んだ。

「先生」

「やあ、クロネ君」

「もしかして、ずっと最後尾に立って札を持ってたの？」

「そうだよ」

幸多は社員が列の整理を行ったのだと思っていた。手の空く社員がいなかったとしても、客に札を預ける場合、後ろに人が並べば殿《しんがり》も札も引き継がれるのが一般的である。

雪穂は奥田映写館の常連で、社長やその子供達とも顔見知りではあるが、れっきとした客なのだから、札を持ち続けなければならない謂《いわ》れはない。

雪穂はまた一人、後続の客を自分の前に並ばせると、薄い革靴を九十度回転させて腕を下ろし、札を胸元に掲げてみせる。

『最後尾。チケットの払い戻しはこちら』と書かれた、書道展と見紛《みまが》うほどの達筆と、何処《どこ》か誇らしげな雪穂の表情で、幸多は全てを察した。

「作ったのも先生かよー」

「へへ」

幸多は脱力して、その場に座り込みそうになった。

「あまりに美しさに欠ける状況だったからね」

「ああ、そうか……先生」

「何?」

「ありがとうございます」

幸多は改めて礼を言い直した。

払い戻しのアナウンスが流れた直後のロビーは、確かに酷《ひど》い有り様だった。ザルに空けた小豆《あずき》みたいに人が無秩序に行き交い、目的に添った動線が形成されていなかった。

人々が落ち着きを取り戻したのは、最後尾の札が掲げられた時からだ。

札を見た客は列があるのだと思い、それぞれが前後の人間を認識しようとした。自然発生した列に皆が身を寄せるように、或《ある》いは捩《ね》じ込むようにして加わり、遠く離れた人は札を目印に集まって、おそらく雪穂の前に入れられたのだろう。

「ボール紙一枚で混雑を統制出来るなんて、先生はすごいな」

「私は最も合理的な方法を選択したに過ぎない。いずれ誰もが思い付く事で、他の誰がやっても同じ結果になったよ」

決してそうはならない事を幸多は知っていたが、訂正はしないでおく。

「あと十人くらいかな。先生も払い戻しはまだだよな」

「そんな事より、クロネ君」

嫌な予感が過《よ》ぎると同時に、雪穂が幸多の手を取った。

「君は真実が知りたくないか？」

「ん！」

幸多は予期しておけなかった自分を悔《く》いた。

雪穂は満面の笑みを浮かべて、双眸《そうぼう》を幼子《おさなご》みたいに輝かせている。

「先生。俺が思うに、今回の件は単なる人為的ミスです」

「想像力は認識を無限に広げる翼だよ、クロネ君。可能性を狭《せば》めて楽しい事などひとつもない」

「あんた、本職《しごと》があるだろう？」

つい口調を乱した幸多に、雪穂は気怠《けだる》げに瞼《まぶた》を伏せて溜《た》め息《いき》を吐いた。

「君こそだ。職場で事件が起きたというのに、見て見ぬ振りをするのかい？　今のクロネ君を薄情以外の単語で言い表せるとしたら、私は新たな発見を書に認《したた》めて額縁で飾っても良い」

「言い過ぎだろ」

幸多が言葉を失《な》くしている間にも列は進み、到頭《とうとう》、最後尾の雪穂がチケットカウンターに辿《たど》り着《つ》いた。

「おや、雪穂先生もいらしてたんですか」

社長は目元に疲労の影を落としていたが、雪穂の顔と、彼の後ろに誰もいないのを見ると、安堵《あんど》したように眦《まなじり》を下げた。

「本日は御迷惑をお掛けしました」

「気にしないで。私は、気に入った映画は何度でも観たい性質《たち》だからね。また来るよ」

「ありがとうございます。払い戻しの手続きをしますので半券を頂いてもいいですか？」

「ええ」

雪穂がポケットを探って半券を取り出す。社長は座席番号のチェックをして、レジからチケット代金を数えて合皮製のカルトンに載せ、鑑賞割引券を添えると、雪穂に差し出そうとしてボール紙に目を留《と》めた。

「この札は？」

「いや何、少しばかり混雑していたのでね」

雪穂が答えて横目で幸多を捉《とら》える。

幸多は意図を察してしまった事を後悔したが、嘘《うそ》を吐く事は出来ない。

「先生のお蔭《かげ》で怪我人が出ずに済みました」

「そうでしたか。てっきり社員が対応しているのだと思っていました。雪穂先生に働かせてしまって、いやはやどうしたものか」

社長が泡食《あわく》って右へ左へと身体の向きを変え、思い付いたように抽斗《ひきだし》から割引券の束《たば》を取り出す。彼は鑑賞割引券、ポップコーンとドリンク無料券を五枚ずつ切り取って、端から有効印を押した。

「せめてものお礼に受け取って下さい。ポップコーン以外のフードとも交換出来るよう、社員に伝えておきます」

「お気遣《きづか》いは無用。私が勝手にやった事だよ」

「しかし、それではあまりにも」

「奥田さんは義理堅い。私が断れば気に病んでしまうかもしれないね」

途方に暮れた顔をする社長と一緒になって、雪穂が眉根《まゆね》を寄せる。全く困っているように見えないのは、彼の態度が常日頃から悠長な為か、幸多が彼に慣れ過ぎた所為《せい》か、おそらく両方だろう。

ややあって、雪穂は如何《いか》にも苦心して捻《ひね》り出したみたいに手を打った。

「では、こういうのはどうだろう。何故《なぜ》あのような現象が起きたのか、この目で見せてはもらえないかな」

初めからそれが目的だろうに。

幸多は呆《あき》れたが、社長は真に受けて、割引券を持ったり下ろしたりする。

「実は我々も原因が分かっていない状況でして」

「そうなの？　尚更《なおさら》、真実を突き止めなくてはならないな。ねえ、クロネ君」

雪穂がこちらへ半身を開き、朗らかな声音で幸多に呼びかける。

幸多は雪穂の活《い》きいきとした表情と、カルトンに重ねられた割引券を忍び見た。

三部屋しかないスクリーンのひとつが上映中止となり、割引券まで発行して、経営には打撃となった事だろう。客の信用回復には更に、原因の公表が不可欠である。

『薄情』

雪穂の声が幸多の脳裏《のうり》で残響する。

幸多は横を向いて嘆息を隠し、様子を窺《うかが》う社長に手を合わせた。

「社長。俺も見せてもらっていいですか？　後学《こうがく》の為に」

「二人がそう言うなら、武見《たけみ》さんに伝えておくけど。何だか申し訳ないなあ」

社長が割引券を下げる手を躊躇《ためら》う。

「知的好奇心を満たす事は、全人類の本能的喜びです」

雪穂はやたらと優美な手付きでカルトンを戻し、尤《もっと》もらしい台詞《せりふ》を添えて微笑《ほほえ》んだ。

3

無人の劇場に一人、雪穂が座っている。

L列の二十番。第一スクリーンが最も見やすい席だ。

画面には何も映されていない。映画は疎《おろ》か宣伝も場内案内もせず、真っ白い幕が一面に張り出して視界を埋め尽くす。

幸多は各席に放置されたゴミを分別して袋に回収し、一列ずつ上ってJ列に達した。

「先生」

「何かな？」

雪穂は椅子《いす》に浅く腰かけて腹の上で両手を組み、純白のスクリーンを眺《なが》めている。

幸多はポップコーンが数粒残ったカップをゴミ袋に放り込んだ。

「どんな字幕だった？」

「私が見た事のある映画ではなかったけれど、台詞から察するにコメディだったようだ」

「画面は合ってるんだよな」

「ポスターや予告と比較する限りは」

「音も」

「読唇術《どくしん》は得意ではないけれどね」

となると、一部の客だけは鑑賞が可能だった事になる。日本で英語を聞き取れる人口の割合は四割程度だろうか。話す、書くとなるともう少し下がるかもしれない。

幸多は想像して、限界を覚えた。

「俺、あんまり字幕で映画見ないから、ピンと来ないんだよな」

独《ひと》りごちながら前を横切ると、雪穂の目がスクリーンから離れて幸多を捉える。

「何故、字幕版を見ない？」

「目が忙しい。画面があんなに広い上に、３Ｄになったら奥行きも付くだろ。無理」

「クロネ君らしい」

雪穂がアームレストに頬杖《ほおづえ》を突く。

彼の納得した微笑に他意はないと分かっていても、子供扱いされたような気分になって、幸多はK列を手早く片付け、雪穂の隣に腰を下ろした。

「先生が字幕版を見る理由は？」

「ノスタルジアだ」

確信的に答える雪穂に申し訳ないくらい、幸多には彼の言う事が分からない。

雪穂は浅く腰掛けていた身体を座面に引き上げて、背凭《せもた》れに寄りかかり直した。防音に特化した座席はミシリとも鳴らない。

「映画上映がフィルムだった時代はね、手作業で字幕を書き込んでいたんだよ」

「え、嘘。全部？」

「勿論《もちろん》。一字一句、始まりから終わりまで」

「気が遠くなる」

幸多が頭を背凭れに投げ出すと、雪穂が横顔で笑みを食《は》んだ。

「台詞の書き出し、時間計測、字数計算、翻訳を経《へ》て、字幕の文字が決定される。字幕ライターは手でそれらの文字を書き、薄い亜鉛の板を重ねてフィルムに文字を刻む」

「何だって？　文字を切り出す？」

鉛筆で書くだけでも果てしない作業量だ。しかし、改めて考えてみると、アナログで白抜き文字を映すには、映像の一部を欠落させて直《じか》に刻み込むしか手段がない。

「文字は一続きに、切り出し易いように隙間《すきま》を作る。筆跡が乱れても、大小が狂ってもいけない。唯一の正解を削り出す、先人の技術の結晶を二時間余りも味わい続けられる。何という贅沢《ぜいたく》だろう」

「先生らしい」

幸多が得心するのを聞いて、雪穂が陶酔から覚めたかのような目を向ける。幸多は小さく肩を竦《すく》めてみせた。

「つまり、手書きのフォントって事だろ」

「クロネ君。これまでに百遍《ひゃっぺん》教えたと思うが、フォントとはそもそも、丹精込めて一字、一字作り上げられた汎用《はんよう》文字だ。人為なくしては生まれ得ない芸術だよ」

「はいはい」

幸多は笑って立ち上がり、雪穂の膝を跨《また》いで反対方向へと清掃を再開した。聞き飽きたと言いたいところだが、雪穂は百回話しても熱が収まる事なくいつも楽しそうなので、話の内容より彼自身につい付き合ってしまう。

雪穂が画面に視線を戻す。彼の遠くを見るような双眸に映る一面の白は雪原の様だ。

「現在の映画字幕はフォント打ちだ。画面との親和性を追求、厳選された字体は素晴らしい。だが、手で一字ずつ刻まれていた時代に思いを馳《は》せずにはいられない」

「それで『ノスタルジア』ね。けど、それなら事件は解決だな」

「性急な物言いだね、クロネ君」

「いや、普通に。フィルムに刻まれていれば字幕の誤表示は起こりようがないけど、字幕データを選び間違えたと考えれば何の不思議もない」

「わたくしが手抜かりをしたと言いたいんですの？　アルバイトさん」

「！」

挑戦的な口調が幸多を詰問する。幸多は振り返り、右前方のスロープ終わりに彼女の姿を見付けた。

「武見さん。お疲れ様です」

「お仕事は宜《よろ》しいのですか？　今月は限界までシフトを詰めたと聞いていますが」

「家賃の支払いが危うくて、バイト代がそのまま家賃に直行する予定です」

「まさに火の車、循環して閉じた輪ですね」

「でも、サボりではないので。字幕の件を調べる事になったんです」

「お疲れ様でございます」

彼女が会釈をすると、長いポニーテールが反対へ揺れる。

鮮やかな黄緑色の繋《つな》ぎを着ているのは、彼女がエンジニアリーダーである事とは何の関係もない。気に入りのブランドがパリコレで発表したライダースーツで、汎用版が発売されるや購入して、社長に着用許可を掛け合ったという。

アイラインと付け睫毛《まつげ》にこだわりを持つメイクは朝の一時間を費やすらしいが、彼女が遅刻した事は一度もない。ネイルも仕事も隙のない彼女だから、慣れた映写でミスをしたとはおいそれとは信じ難《がた》い事態だった。

「あら。もしかして今、失礼な事を考えました？」

「全然？」

幸多が首を左右に振ると、武見はすぐさま眉間《みけん》の皺《しわ》を解放する。

「そのお顔は嘘ではありませんわね。そちらは如何《いかが》かしら、雪穂さん」

矛先《ほこさき》を向けられた雪穂は頬杖を外して、手をひらりと返してみせた。

「うーん、どうかなあ。映画を観ている時は、武見さんがどんなミスをしたらこんなに面《おも》白可笑《しろおか》しい事態になるのか考えたかも」

「生憎《あいにく》と、悪意がなければ許される時代は疾《と》うに終幕しております」

武見が冷ややかに目を細めると、長い睫毛が白い頬に影を落とした。

「映像と一緒に流す字幕を間違えたのでは？」

「浅慮《せんりょ》！　でいらっしゃいますわね」

「おや」

「映画館とDVDプレイヤーを同列で語られては双方に無礼千万というもの」

「同次元には存在するのだね」

「勿論、当館にもデジタル機器が導入されております。このような大画面に投影して夜空の星の数が変わらないのは、画質の良さの恩恵です。しかしながら、引き換えに圧迫されるのは容量でございます」

武見が緩《ゆる》やかな階段を二人のいるL列まで上って来る。彼女との距離が縮まると、隠れていた左手に白っぽい金属を持っているのが分かった。

薄く、四角い、飾り気のない箱である。

「こちらが映画です」

武見は銀色の箱を掲げて、雪穂と幸多を順に見た。

「記録箱《ブラックボックス》の様だね」

「大意では同じく分類されるでしょう。データが入ったハードディスクドライブです」

「HDD《ハードディスクドライブ》」

「こちらの容量は五百GB《ギガバイト》となっております。さて、この中に映画は如何程《いかほど》、記録出来るでしょうか?」

幸多は手癖《てくせ》で後ろポケットを探り、スマートフォンをロッカーに置いて来た事を思い出した。記憶頼りだが、六十四GBの型を購入したように思う。

「スマホの約八倍として、画面は何分の一だ?」

「クロネ君。人がこういう訊《き》き方をする時は、到底当たるまいと高を括《くく》っているんだよ。市販されているDVDには原語版と吹き替え版、二ヵ国語の字幕が入っているのが一般的だ。同数ではインパクトに欠ける。より少なければ私達がわっと驚くと踏むだろう。つまり、答えは一本だ」

「推理としては反則技じゃないか？」

数値も論理もあったものではない。幸多は呆れたが、どうやら正解らしい。武見が切《き》り揃《そろ》えた前髪の陰で眉を複雑な形状にうねらせた。

「当館に許された操作はふたつ。本編を流す。予告を流す。以上です」

「それだけ？　子供でも出来そうだ。どうやったらミスが生まれるのかな」

雪穂が首を傾げる。気持ちは分かるが言い方がよくなかった。

スクリーンの方向から直進して来た武見が、身体ごと直角に向きを変えて、座席列に侵入する。折りたたみの座面は全て上がってはいたが、前列との間隔は狭い。

彼女は雪穂が座する傍《かたわら》に立つと、照明の光を遮《さえぎ》るように雪穂を睨《ね》め下ろした。

「使える人間が限られた技術は、生まれたての発明です。簡単な操作、分かりやすいユーザーインターフェイス、理屈を分からない方でも容易に使用出来るようになって初めて成熟した文明と呼ばれるでしょう」

「如何に万物を統《す》べる文明が栄えようとも、理解不能の超常現象への憧憬《しょうけい》を捨てられないのが人間の業《ごう》だよ」

雪穂は微笑む上瞼を僅《わず》かに持ち上げただけだ。

「生憎とわたくし、魔術師ではありませんので」

「前髪の奥に千里眼を隠していれば即解決だったねえ」

「生憎と。しかしながら、わたくしでも断言出来る事がひとつございます。当館が泥をかぶる必要は一切ないという事です」

「至極真っ当な言い分だね。損失の補塡《ほてん》は原因を作った組織が行うべきだ」

雪穂が一望するのは無人の客席。公開初日の土曜日、隅々《すみずみ》まで客で埋め尽くされる筈《はず》だった劇場には美しい音楽も流暢《りゅうちょう》な台詞も流れず、空調の音すら聞こえない。

視線を重ねた武見の瞳《ひとみ》に怒りが滾る。

「社長はお人が善い。ですから、わたくし共が損害額を算出して請求しなければ」

「何処へ？」

「言わずもがな。HDDを配っているのは配給会社です」

気勢を削《そ》がれたように武見が答えたが、彼女の曖昧《あいまい》さを雪穂は逃さなかった。

「無駄だね。映画は配給会社で製作されている訳ではない。我々は映画が撮影されてから配達員が映画館に納品するまでの間、何処で間違いが起こったのかを知りたい。そうだろう？　クロネ君」

「俺に振るか？」

「君以外の誰がいる。真実が隠され、悪が何処かで高笑いしているなんて許し難い。違うかい？　事実を詳《つまび》らかにしたいと思うだろう？」

「うーん、まあ」

押し切られた。殆《ほとん》ど力技で頷かされた幸多に、武見が憐憫《れんびん》と軽侮《けいぶ》を練り合わせて堅く焼いたような顔をした。

「犯人探しですか。悪趣味でいらっしゃいますね」

「犯人より原因が分からない事に興味がある。平安時代から描かれているよ。新たな知識を得た脳が喜ぶ様が」

「わたくしには覚えがないのですが……」

「うん、行き先は決まった」

訝《いぶか》しがる武見には目もくれず、雪穂が座席から立ち上がる。

彼の次の行動を知るには、今更脳を使うまでもない。

「先生。俺のシフト、あと三十分あるんだけど」

「私に遠慮せず契約通りに働いておくれ。私にも通さねばならない筋があるからね。武見さん、貴重な話をありがとう。有意義な一時だった」

「いいえ」

雪穂の和やかな表情と口調に誤魔化されて、階段を滑《なめ》らかに下りてしまった後になって一方的に話を終わらせられた事に思い至る。武見も見る限り、幸多と大差ないようだ。

彼女は暫《しばら》くの間、呆然《ぼうぜん》として、気の抜けた息を吐いた。

「彼はお節介《せっかい》なのか厄介なのか分かり兼ねます」

「空腹だからじゃないかなあ」

それも一時的な飢えではなく長期的な、空腹期とでも名付けるのが相応しい。

幸多の見解に、武見が疑問を呈《てい》する。

「空腹と映画にどんな因果《いんが》関係が？」

「大量にインプットして漸《ようや》く一滴、抽出されるのが真の閃《ひらめ》きなんだそうです」

平安時代、知的好奇心が満たされる状態を『をかし』と表現した。

雪穂にとっては、未知の情報は彼の渇望を満たす菓子だ。

「エネルギ効率が悪くていらっしゃる」

武見の身も蓋《ふた》もない感想に、幸多は自分が毒されていたと気付いて笑ってしまった。

「幸多さん」

「はい」

「字幕を奪った泥棒を捕まえてください」

武見が改めて言葉にしたのは、きっと件《くだん》の映画に関わった全ての人間の願いだ。

「故意と決まった訳ではないですよ」

幸多にはそれしか言えなかった。

4

聳《そび》えるビルが空を狭くする。地表から吹き上げる風の音が、聴覚から体温を奪っていくかのようだ。

幸多が上方を仰《あお》ぐと、よく見る会社名が堂々と彼の視線を迎え撃った。

「先生。配給会社に行っても無駄だって言わなかった？」

「不備が起きたのは配給会社ではないと言った覚えはあるかな」

雪穂は朝食のメニューを思い出すみたいに暢気《のんき》に答えて、次の瞬間にはエントランスのドアを潜っている。

突然、誰を、何と言って訪ねるつもりだ。

幸多が躊躇《ちゅうちょ》して出遅れた数秒で、雪穂が訪問者カードを記入し、受付に提示する。

半円形のカウンターテーブルの内側で受付を預かる社員がクリーム色の受話器を耳に当て、丁寧に受け答えをするのが見える。幸多が雪穂の隣に並ぶと、彼女は半円の天板に入館証をふたつ置いた。

「担当の者が伺います。七番のブースへどうぞ」

「ありがとう」

雪穂が愛想《あいそ》良く笑って、入館証の番号が小さい方を幸多に手渡す。

受付の社員が手の平で指し示したのは、エレベーターとは反対方向に向かう廊下だ。進んでみると、サンルームの様に明るく開けた吹き抜けがあり、開放的な頭上とは対照的に、二メートルほどの高さの衝立《ついたて》が密集していた。

衝立の上半分は曇り硝子、下半分はオーク材を模《も》したボードだが、映画のポスターが貼られて素地の色は隙間に覗く程度だ。壁を形成して並ぶ衝立は数枚おきに抜け落ちて、それぞれ中にテーブルと椅子が置かれているのが見えた。

近い空間を隔《へだ》てて共用し、難しい顔を突き合わせる人々や、大らかに笑い合う人々がいる。外部の客との簡易応接室、或いは会議室として使われているようだ。

「三番、四番」

ポスターに紛《まぎ》れて入り口脇《わき》に貼られているのは、番号が印刷されたプレートだ。

雪穂が奥へ向かいながら順に読み上げる。幸多は一歩の幅を広げて彼に追い付き、囁《ささや》くより幽《かす》かに声を潜めた。

「先生。誰に何を言うつもり？」

「…………」

雪穂が両手を顔の前に持ち上げる。幸多は左肩を下げて彼の方に頭を寄せた。雪穂は両手で筒を作り、自分の口許と幸多の左耳を繋いで囁いた。

「誰でも良いじゃない」

「良くない上に失礼だな」

幸多が小声の上限いっぱいで呆《あき》れると、雪穂が人差し指を立てて目付きを鋭くした。元の顔立ちが柔和《にゅうわ》なので迫力に欠けるが。

「ここはターミナルだよ、クロネ君。問題のＨＤＤ《ブラックボックス》が送られた経路を遡《さかのぼ》れば、必ず犯人に行き着く事くらい、素人《しろうと》でも分かる」

「……先生も武見さんも犯人犯人って、大袈裟《おおげさ》なんだよ」

「大袈裟」

「だろ」

業務上の過失は時に犯罪にもなり得る。が、仕事でミスをする度に犯罪者呼ばわりされては、反対に訴えられかねない。

況《ま》して、字幕の仕組みを知らない彼らは、犯人と呼び得る人間が存在するのか、単に機械の故障で起こる事故なのかすら見当も付いていないのだ。

「大袈裟ねえ」

雪穂は独白して、五番のブースの角を曲がる。六番以降は一番から五番と隣り合って窓側に並んでいるようだ。

「クロネ君。一日中、他人のミスの為に頭を下げ続けた奥田社長にも同じ事が言える？」

「社長を引き合いに出すのは狡《ずる》い」

幸多はマフラーの内側で首を竦めた。

人間の悪い癖だ。

奥田映写館で酷い目に遭ったという噂《うわさ》は瞬《また》く間《た》に拡《ひろ》がるだろう。一方で、映画館側に非はなかったという話は半分も伝わらないのが世の常だ。

「安心して。調査中は奥田社長と無関係の立場を貫《つらぬ》くと誓うよ」

雪穂はいつも周りを不安にさせるが、十回に一回の割合で分別と良識が顔を出す。どうやら映画館にクレームを言うだけでは収まりが付かなかった観客を装う算段のようだ。

幸多は自分に言い聞かせるようにマフラーの中で頷《うなず》き、左手を右の二の腕に当てて笑い返した。

「よし！　一丁《いっちょ》景気良くクレーム付けてやりますか」

「頼もしいねえ、クロネ君。大丈夫かい？」

「槍《やり》でも弓でも持って来いだ」

「あはは。持って来るというか……」

「もういるよ」

幸多と同様、にこにこと笑っていた雪穂が、不意に目元だけを笑みから切り離す。

「!?」

雪穂が先に七番ブースの前に立って中を見ている。

幸多はまさかという思いで駆け寄った。

テーブルと奥と手前に置かれた四つの椅子《いす》が、人が座れるだけの最小限のスペースを残して衝立で区切られている。通路側と異なり、ブースを区切るのはオーク材のボードだ。くるみ材を模した合板の応接テーブルには大量の書類が広げられており、手前の椅子に身幅のある男性が姿勢良く腰掛けていた。

白髪でグレーがかった短髪。身体に馴染んだスーツと年季の入った革靴。何度も修理しているのだろう。爪先には擦り傷を補修した痕《あと》があり、靴底だけが真新しくシャープな縁を描いている。

男性が四角い眼鏡《めがね》を押し上げて椅子を引く。立ち上がると、顔の印象より上背がある。

「字幕取り違えの件でいらっしゃった方々ですか?」

「はい」

「お話をお伺いします、担当の峰岸《みねぎし》と申します」

男性は革のケースから名刺を一枚取り出し、両手で雪穂に渡す。雪穂は自分の名刺を出すつもりはないらしい。

(クレームを言いに来た一般客ならそうか)

続いて峰岸が名刺を差し出したので、幸多も一方的に受け取っておいた。

「お掛け下さい」

「失礼します」

会釈を返した幸多を、雪穂が不思議そうに見る。感情を隠さない彼の目は、前言の勢いはどうしたとでも言いたげだ。

（普通、先にいると思わないだろ）

幸多は心の中で反論して、雪穂の背を突《つ》いて奥に座らせ、自身も隣に着席した。

峰岸が名刺入れをテーブルの隅に置き、手持ち無沙汰《ぶさた》そうに指先を重ねる。彼は人差し指だけを緩慢に上下させて、雪穂と幸多に二拍ずつ目を留めた。

「問題のあったＨＤＤは御持参頂いたでしょうか？」

「いいえ」

「？」

「私達は映画館の関係者ではないよ。妙に思うかい？　ハハ、貴方《あなた》も奇妙だねえ」

峰岸の表情が曇る。そうさせた雪穂は晴れやかな笑顔だ。

幸多は隣で、雪穂が無遠慮な事を言い出すのではないかと冷やひやしたが、あえて止めはしなかった。事実、奇妙だからだ。

「どういう意味でしょうか」

「受付の方は私の用件を聞いて、内線電話で対応を確認した。でも、ここに電話は見当たらない」

雪穂の言う通りだ。この簡易応接スペースには、内線電話が設置されていない。あるのは四つの椅子とテーブル、そしてテーブルの端に乱雑にまとめられた書類とファイルだ。

「廊下は行き止まりだ。貴方が目にも留まらぬ速さで私達を追い越し、七番ブースに駆け込んだのでなければどういう事だと思う？ クロネ君」

「……俺達の前にも、同じ用件の来客があった？」

幸多は仮定と疑わしさの間隙《かんげき》から尋《たず》ねた。

二人が来る直前に字幕の件で苦情を持ち込んだ人物がいたとしたら、峰岸が応対している事を知る同部署の社員が、直接こちらに訪れるようにと受付に答えたと考えれば辻褄《つじつま》が合う。

だが、配給会社まで来るような物好きが彼らの他にいるだろうか。

(物好きではないとしたら)

峰岸はHDDを持参したかと尋ねた。

無造作に積まれたファイル。

テーブルの足元を覗《のぞ》き込むと、段ボール箱と紙袋が見える。

雪穂がにこにこと笑って、幸多が答えるのを待っている。

(いや、そんな事あるのか？ でも)

幸多は峰岸の深緑色のネクタイを辿って顔を上げ、彼と目を合わせた。

「字幕の事故が起きたのは、一館だけではないんですか？」

「お恥ずかしながら」

峰岸がテーブルの下から段ボール箱を引っ張り出す。

「これはまた、随分な数だねえ」

雪穂の嘆息が嫌味でない事は、誰の目にも明らかだった。

彼は事実を述べているに過ぎない。

段ボールの中身は、武見が持っていたのと同型のＨＤＤだ。内半分はひとつずつに映画館名を記したシールが貼られて、目算で二十を超える。

考えてみれば有り得ない話ではなかった。寧《むし》ろ、自然だ。

「しかし、個別に対応しているとなると全館ではない」

「御推察の通りです」

峰岸はラベルが貼られていないＨＤＤをひとつ取り出してテーブルに置き、段ボールを机の下におろした。

「字幕が映画の内容と異なるという問い合わせが相次いでおりまして、自分が対応の為、今朝からここに詰めている状態です」

「お疲れ様です」

思わず労《ねぎら》ってしまった幸多に、峰岸がぎこちなくお辞儀を返す。

「本来であれば、こちらからお詫《わ》びに伺うのが筋ですが、直接来て頂いて確認済みのものと交換するのが最速で確実です。遠方の映画館は御連絡を頂いて折り返しの発送になりますが……貴方がたは映画館の関係者ではないと」

「上映を見た客だよ」

雪穂に悪怯《わるび》れる色はなく、峰岸の面持ちに困惑が過《よぎ》った。

「申し訳ありませんが、個人のお客様への補償は各映画館に一任しております」

「おや？　誤解しているみたいだね」

「と仰いますと……」

「私達は賠償金を求めに来た訳でも、謝罪を聞きたい訳でもない」

峰岸は根気よく丁寧に受け答えをしていたが、遂《つい》に訝しみが上回って眉を顰《ひそ》めた。

「何をしにいらしたんですか？」

問いかけが棘《とげ》を含む。

だが、雪穂には通じなかった。彼はダイヤモンドの様に不変の意志と、固い面《つら》の皮と、輝く瞳でこう告げた。

「真実を知りたい。何故、字幕が正しく表示されなかったのか」

「そんなの、こっちが知りたいですよ」

峰岸の顔色に蓄積した疲労が溢れ出した。

幸多は彼が気の毒になってきて、二人の間に割って入った。

「先生、あんまり無茶言うなよ」

「どうして？　クロネ君も知りたいだろう」

「知りたいけど」

「私も知りたい。峰岸さんも知りたい。この上ない目的の一致だ」

「うん？　そうだな？」

合ってはいるが、何かが違う。

雪穂は相変わらず優しげな笑顔で、両手をぱっと開いてみせた。

「峰岸さん。この件、私達に任せてみるっていうのはどうかな？」

「何を言ってるんですか⁉」

峰岸がいよいよ語調を乱して唖然《あぜん》とした。

(分かる。とてもすごく分かる)

幸多が内心で頷いていると、お前の立場はこちら側だと引き戻すかのように雪穂が幸多の腕を捕まえる。それから、雪穂は峰岸に向かって満面の笑みを浮かべた。

「これでも探偵を生業《なりわい》としている。お役に立てると思うよ」

「探偵？」

全力で胡散《うさん》くさい。峰岸の気持ちが手に取るように分かった。

「先生、先生。そういう話にするなら、名刺を出した方がいいんじゃないか?」

「名案だ、クロネ君」

雪穂がポケットから財布代わりのカードケースを取り出してテーブルに中身を並べていく。クレジットカード、ICカード、銀行のカード。流石に初対面の相手に見せるものではない。幸多は横から腕を伸ばして手の平で覆《おお》ったが、雪穂は気にした様子もなく更に数枚並べて、漸く出てきた名刺に顔を明るくする。

幸多は七並べの様に整列した雪穂のカードを纏《まと》めて伏せてから、自分も鞄《かばん》に入れっ放しの名刺を引き抜いて峰岸に手渡した。

峰岸は名刺を繁々《しげしげ》と眺めて、雪穂と幸多を見ると、腑《ふ》に落ちたように息を吐いた。

「成程《なるほど》。それでは、この件に興味も持たれるでしょう」

「非常に」

雪穂が嬉《うれ》しそうに微笑みを浮かべる。

「しかし、失礼ながら外部の方の出る幕では」

「御尤《ごもっと》もです。先生、ほら」

言いかけた幸多と峰岸に、雪穂が人差し指を立てた。長い指だが、指先が平たく反《そ》って、輪郭《りんかく》が歪《ゆが》んで見える。たったそれだけの動作で二人の視線を引き付けて、雪穂が僅かに声のトーンを落とした。

「字幕が合っていなかったのは貴方の会社が原因ではない？」

「有り得ません。自分達は上映館数を定めて現像所に発注し、納品されたフィルムやデータを映画館へ配給するのが仕事です」

「原因の究明は貴方達の目が届かない所で行われるのか」

「当然です。別会社ですから」

「杜撰《ずさん》な調査や隠蔽《いんぺい》が行われても分からないね」

「え……っ」

即答で対応していた峰岸の言葉が詰まった。

雪穂が手を下ろす。

縫い留められていた峰岸の目が思い出したように雪穂を見た。

「現像所が不正を働くと言うのですか？」

「どうだろう、私はその現像所を知らないからなあ。けれど、これだけの大事だ。偉い人の耳にも入る。不祥事は、外部組織が公正に調査してこそ潔白が証明されるのでは？」

「！」

何処かで椅子の脚が鳴る。峰岸の肩が電気を流されたみたいに強張《こわば》る。次いで聞こえた和やかな挨拶《あいさつ》の声の大きさから離れたブースだと分かって、彼の頬に滲《にじ》んだのは安堵《あんど》だ。

幸多はきな臭いものを感じて、テーブルに肘《ひじ》を載せ、前のめりになった。

「不正が疑われる兆候があったんですか？」

「………」

峰岸は天板の木目を辿るように目を泳がせて、動揺が瞬きを忙《せわ》しなくさせる。その姿が、幸多には焦っているように見えた。

「会社として依頼は出来ません。しかし、探偵には客の情報を一切明かさない決まりの様なものがありますよね？」

「クロネ君。説明して差し上げて」

「あ、それは俺がやるんだ」

「当然だろう」

「……はい」

憮然《ぶぜん》とする雪穂に、幸多はお辞儀と首肯の中間で答え、椅子の上で上体の角度を変えて峰岸に向き直った。

「個人情報は厳重に保管して、調査後は全て廃棄されます。調査自体については、御依頼人の御希望に添って別途、契約が可能です」

「他人にばれる事を希望する人がいるのですか？」

「まあ、色んな人がいまして。探偵に依頼したという事をそれとなく対象に知られた方が牽制《けんせい》になるとか、焦らせたいとか、マウントを取りたいとかです。詳しい実例は語れませんが、調査結果より依頼した事実が肝要な場合もあります」

「そういう時は、どうするのです？」

「俺がそれとなーく知られますよ。おっと、うっかり尾行がばれるところだったぜ、ってな具合に。誰かに知らせますか？」

「いいえ！」

峰岸は白髪が撥《は》ねるほど首を振って、辺りを窺う。壁に阻《はば》まれて他のブースは見えないが、聞こえる笑い声は随分と遠いようだ。峰岸は立ち上がり、通路を覗いて誰もいない事を確認してから、テーブル越しに額《ひたい》を寄せてきた。

「お二人が個人的に調査をするというのであれば、自分も個人的にお話ししましょう。どうか極力迅速に、くれぐれも他言無用でお願いします」

両手を突いて頼み込む様はともすれば土下座に近い。幸多は峰岸の切羽詰《せっぱつ》まった態度が気になったが、雪穂には些事《さじ》だったようだ。

「やったね、クロネ君」

「先生。せめて外に出てから言おうな」

雪穂が立てた親指を、幸多は指相撲《ゆびずもう》の様に上から押さえて畳ませた。

5

人には望みを叶《かな》える力が備わっている。

体力や知力を始めとした地盤の力、経験と機転、人脈といった補助の力、性格や意志を主とする推進の力だ。

地盤の力はその者自身の能力であり全ての基礎となる。

補助の力は近道を示し、効率化を図る助けとなる。

そして、能力に関係なく、非効率的で、時に不可解だが最も確実に人を動かすのが推進力だ。下手の横好きという言葉に代表される不確かな力が人一倍強い雪穂は、様々な障害を物ともせず、自身の望みを叶えてきた。

(ついでに言うと、このお人は運もいい)

幸多は隣を歩く雪穂を視界の端で捉えた。

「明日から正式に調査だ。何が出て来るか楽しみだなあ」

改札を通る人々の疲れた顔に紛れて、雪穂の表情は一際明るく見える。幸多はポストの前で立ち止まり、象牙《ぞうげ》色のフロアタイルを指差した。

「十三時くらいにこの場所でいいか？　先生」

「流石に昼までは寝ないって。社長に頼んで半休をもらって来る」

「寝坊助《ねぼすけ》だね」

「ふむ。それなら仕方ない」

雪穂はまだ渋々《しぶしぶ》という風ではあったが、彼も自営業とは言え社会人だ。雇用の道理は理解しているだろう。

「それじゃあ、クロネ君。また明日」

「おやすみ、先生」

幸多が挨拶を返すと、雪穂は東口へと歩き出す。幸多は五歩進む間だけ彼を見送って、自分は西口へと爪先を向けて、マフラーを鼻の頭まで引き上げた。

駅を出て壁がなくなると、寒風が吹き付けて皮膚の薄い部分がじんじんと痛む。上着のポケットに両手を入れて、電車内で温まった手の熱に頼って首を竦めた。

東口側のメインストリートはバスも通る車道で、銀行やビジネスホテルなども散見されるが、西口側は地元の住民の生活路だ。

三年前に敷かれた石畳は所々に濃灰色や煉瓦《れんが》色の石を用いて洒落《しゃれ》た色合いをしているが、周辺の店が同時に改装する筈もなく、何処か垢抜《あかぬ》けない街並みが続いている。

鮮魚店の眩《まぶ》しい裸電球、精肉店から漂《ただよ》う揚げ物の匂《にお》い、パン屋がしまい忘れているクリスマスリース。入り口の薄暗い喫茶店は常連客以外を寄せ付けず、書店の駐車場で毎日開店するワゴン車のドーナツ店は、年明けから餅《もち》スイーツを始めたようだ。

行き交う通行人の歩《ほ》が速いのは寒さの所為だけではない。歩き慣れ、見慣れて、辺りを見回しながら歩く事をしないからだ。

高低差も不揃《ふぞろ》いな路地を暫《しば》し行くと、コンビニエンスストアの向こう隣にレコード店が現れる。何十年も前は別の駅前に店舗を構えていたが、区画整理で立ち退《の》きを余儀なくされて、このビルの一階に移転して来たらしい。

同じビルの地下には多国籍料理を出すバーがあり、幸多も時々、食事に入る。そして、二階へ上るエスカレーターに乗ると、奥田映写館のエントランスロビーに辿り着いた。

最終レイトショーを残すのみとなった館内は閑散としている。ドリンク以外のメニューは既に店じまいしたようだ。売店の入り口にはプラスチックのチェーンが渡されて『御用の際はチケット窓口へお申し付け下さい』と注意書きが下がっていた。

モニターに流れる予告編の音楽がボリュームを絞ると、空調の低い音が聞こえる。無人に近い状態では勿体《もったい》なく思えるが、暖かい。

窓口のガラス越しに社長の姿が確認出来る。中にはもう一人、見覚えのない若い男がいて、社長に白い袋を渡すところだった。

（誰だ？）

男が幸多に気付いて、通用口へと足早に後退《あとずさ》りする。彼は社長に頭を下げて扉を開け、外に出てから幸多にもお辞儀をしてエスカレーターを下りて行った。

「幸多君。お帰り」

社長が窓口越しに話しかける。

「ただいま戻りました。社長、さっきの人は？」

「バイク便だよ」

「いつもの人と違いますね」

「ああ。新人さんかな」

社長がエスカレーターの方を見たが、配達員はもう後ろ姿も見えない。

「幸多君は忘れ物？　それともレイトショーを観に来たのかな」

「あ、いえ。明日なんですけど」

言いかけた時、幸多の後ろを二人連れの客が通り過ぎる。幸多は扉の方へ回り、窓口の中に入ってから話を継いだ。

「午後から休ませてもらっても良いですか？　代理は探します」

「勿論、構わないが」

社長が先に承諾して、眉の形だけに疑問を滲ませる。

幸多は受付用のマイクがオフになっているのを確かめた。

「先生と配給会社に行って、外部の立場から調査の依頼を受けました」

「こりゃ驚いた」

社長が腰を抜かしたみたいに椅子に身体を落とす。

「奥田映写館の名前は出していないので、御迷惑はお掛けしません」

「映画館の名を出していないなら尚更、吃驚《びっくり》だ。どうしてそんな事になったのやら」

「先生が少し無茶を……」

幸多が言葉を濁《にご》すと、社長の眉が下がって苦笑いする。

「明日は何処へ行くのかね？」

「現像所を訪ねる予定です」

配給会社に頼まれたとは言えないので、合法的に社内に潜り込む方法を考えなくてはならない。現時点で決定している事と言えば、菓子折りの購入くらいだ。雪穂のソフトな物腰だけでは誤魔化しきれない強引さを、緩和するのに役立つ事もあるだろう。

「幸多君、無理をしてはいけないぞ。明後日《あさって》にはちゃんとしたディスクが届くと言うし、損害と言ってもうちが潰《つぶ》れる程の大問題ではないんだから」

「はい」

実家を離れて暮らしていると、年上からの気遣いが妙に身に染《し》みる。幸多は感謝を籠《こ》めて頷き、一礼して踵《きびす》を返した。

「それじゃ」

「色々ありがとうね」

社長が子供達にするみたいに手を振る。

幸多は流石に気恥ずかしくて振り返す事は出来なかったが、扉を開けた所で一度振り返り、会釈をしようとして思い出した。

「ああ、そうだ。字幕が奇妙しかったのは奥田映写館だけではなかったようです。責任の所在が定められれば、損失額は補償されるんじゃないですかね」

「そうなのかい」

社長は笑顔で答えて、ふと眉を歪める。

「どうかしましたか？」

「いや、うちは今の話だけで十二分に解決してもらったも同然なんだが、雪穂先生はどうして無茶をしてまで更に依頼を取り付けたのかと思ってね」

幸多は答え倦《あぐ》ねて、払い戻しされたチケットの山に目を逸《そ》らした。

奥田映写館の為という最初の口実は達成された。だからこそ、配給会社社員の依頼という次の口実を獲得したがったのかもしれない。

「雪穂先生のなさる事だ。意味があるんだろう」

社長が自分で自分を納得させるように笑う。

「おかしな事をしないように見張っておきます」

「それなら安全、いや、安心だ」

言い直した社長に、幸多の口許《くちもと》が自然と綻《ほころ》ぶ。

「お先に失礼します」

「お疲れ様」

幸多は静かに扉を閉め、疎《まば》らな客の間を逆走して帰路に就いた。

6

昨日は社長の手前あんな約束をしたが、雪穂の行動は幸多にも読めない事が多々ある。今もそうだ。

一晩眠り、午前中は映画館でアルバイトをして、昼過ぎに雪穂と待ち合わせをした。電車に乗って一駅、峰岸に聞いた現像所の前に降り立ったところまでは予定通りだったが、想定外の事態が展開されている。

幸多は部屋の隅に佇《たたず》み、雪穂が知り合ったばかりの女性と喜々として話すのを眺めた。

「これはダンテだよ。散見される特徴だから混同する人も多いけれどね。それだけ広く、多くの人に愛される自然さとも言える」

「ほう、おお、ふおお、これは！　確かに！」

女性は本を二冊見比べて、視線を行き来させる度に歓声を上げる。幸多は改めて室内を見回した。

幸多には理解出来ない世界だ。二人が話に花を咲かせるのを耳に通しながら、幸多は改めて室内を見回した。


これまで幸多は自分の職場ほど情報過多で雑然とした場所はないと自嘲《じちょう》していたが、この職場は上をいくかもしれない。

壁際のスチールラックに詰め込まれた機材、絡まり合う配線。精密機器の多さに怯《ひる》んで息を止めたのも束の間《つかのま》、白く積もった埃《ほこり》が緊張感に水を差す。極め付きは機器の上に置かれた缶コーヒーだ。倒れたらどうするつもりなのだろう。

部屋の中心へ視線を移すと、雪穂の肩の高さ程度の仕切りで区切られて、八つのデスクが向かい合わせに四つずつ並んでいる。

複数のモニターとキーボード、機械が並んでいるが、幸多には何をするものなのか分からない。古いオーディオ機器に似ている気もする。内壁にはカレンダーやコピー用紙が隙間を探して貼られ、椅子の下には寝袋が転がっており、ゴミ箱にビタミンドリンクの空き瓶と紙屑《かみくず》が一緒くたに投げ捨てられていた。

壁に掲げられたホワイトボードに社名が印刷されている。

玉鉤《ぎょくこう》現像所。

映画の記録媒体が量産される会社のひとつである。

「雪穂さんとは神経衰弱どころか早押しクイズでも良い勝負が出来そうだ。いんや、辛勝も危ういかもしれん」

「それほどでも」

二人共に満足げで邪魔をするのは気が引けたが、窓の外では冬の陽が気早に傾きつつある。幸多は仕切りをノックした。

「あー、お二人さん。俺も話に混ぜてもらえるか」

「忘れていた訳ではないよ。お天道様《てんとさま》に誓って、決してクロネ君の事を忘れてなんていないさ」

「わざとやってんのか、先生。言えば言うほど疑わしく聞こえるんだけど」

「嫌疑なら罪ではないね。する方も、される方も」

雪穂がはぐらかす。この笑みを盾《たて》にして、幸多はいつも結局分からず終いだ。

「紹介しよう。こちらはクロネ君。クロネ君、こちらは知糸《ちいと》さん」

「初めまして」

彼女が椅子を回転させて振り返ると、顔に対して大き過ぎる眼鏡が鼻先までずれる。綿花みたいな髪を癖が付くままにして、ポンチョの形をした毛布は部屋着の様だ。

「初めまして。強そうな名前ですね」

「そちらの名前は美味《おい》しそう。チョコ食べたい」

知糸は上体をぐらぐらと揺らして、ポケットを探り、失意露《あらわ》に肩を落とす。

雪穂が物言いたげな眼差《まなざ》しを幸多に向ける。

そう急かされなくとも、今渡そうと思っていたところだ。幸多は紙袋から青と白の箱を取り出して、頭を回す知糸の視界に入るのを待った。

「ぬ？」

「差し入れ。よかったら」

「ジャンドゥーヤチョコパイ！」

知糸の上体が勢いよく芯《しん》を取り戻す。彼女は箱と幸多に手を合わせて拝《おが》むと、受け取ると同時に箱を開けて、目にも留まらぬ速さで内袋を切り、三角形のパイを一口で消した。

「……んんまい！」

「よかった」

ここまで喜ばれると渡し甲斐《がい》がある。

知糸は立て続けに内袋を開け、四つ目を開けたところで咀嚼《そしゃく》の合間に会話を挟んだ。

「今更だけど、食べちゃって大丈夫な物？　打ち合わせ相手に渡すお土産《みやげ》じゃ……上司のお菓子横取りするの気まずいので黙っててもらえる？」

特定の誰かに渡す当てがあって準備した訳ではない菓子だ。心配には及ばない。幸多の答えが声になる寸前、

「それでは、秘密を交換しよう」

雪穂が腕組みをするような格好で椅子の背に腕を置き、肩越しに知糸を覗き込んだ。

知糸はきょとんとして彼を見上げる。

「交換とはつまりトレード。わたしはお菓子を食べた事で、そちらにも秘密が？」

「私達は世を忍ぶ内部調査員なんだ」

「！　それって、例の」

「シィ」

雪穂が口角を上げた唇《くちびる》に人差し指を添える。

知糸が確かめるように幸多を見上げたので首を振らずにいると、彼女は眼鏡が小さくみえるほどに目を見開いた。

「本当に？」

「外部の人間が案内もなくこんな所まで入り込めると思う？」

「ひえぇ、マジだ」

知糸は両の手で空の袋を握《にぎ》り潰《つぶ》した。

雪穂が彼女の勘違いを誘う。黙って見ている幸多も共犯になるのだろう。

峰岸に聞いた現像所の前に降り立ったところまでは予定通りだった。

配給会社に比べるとかなり小ぢんまりとした建物で、入り口を見張る受付はなく、社員証の電子ゲートもない。流石に警備員は立っており、潜入は難しいかと思われた。だが、天と機は雪穂の味方だった。

おそらく食事に行くのだろう、社員達が財布だけを持って出入りしていたが、幸多の目の前で一人がその財布を滑《すべ》り落とした。方々へ転がる小銭を警備員が拾って手伝う。その親切が仇《あだ》となって幸多達の侵入を許した事に、彼が気付く日は来るだろうか。

雪穂は意志が強く、運が良い。

「でも、正体をばらしちゃって良かですか？」

小声で尋ねた知糸に、雪穂は善良な笑みを浮かべる。

「目の前の困っている人を見過ごすようでは、正しい行いは出来ないからね」

「やっぱり！　わたしが悩んでいたのを見るに見兼ねて、その上、チョコまで」

知糸は感極まったとばかりに眼を潤《うる》ませると、首を竦めて雪穂と幸多に手を合わせた。

雪穂はつくづく運が良い。

侵入したは良いものの調べる手がかりを見付けられないでいた時に偶然、通りかかったこの部屋から嘆《なげ》く声が聞こえて興味本位で首を伸ばしたら、偶々《たまたま》、雪穂が造詣《ぞうけい》の深い分野で知糸が悩んでいたのだから。

他の社員との間は仕切りで遮られて見咎められる事はなく、知糸の信用は問題が解決した時点で獲得している。こうなると幸多が買った手土産も、雪穂の幸運の内ではないかと思えてきた。

「話を聞いてもいいかな?」

雪穂が耳打ちすると、知糸は椅子を一回転させて立ち上がった。

「お任せを。この時間帯はアーカイブルームが穴場っすよ、お代官様」

「お代官?」

「どうぞ、ささ、どうぞ」

知糸が毛布の裾《すそ》を広げて歩き出す。

途端に親分と子分の様だ。幸多は作業中のデスクを一瞥《いちべつ》して、心の中で一言詫びた。

知糸に連れられて移動した先は、覚えのある独特な匂いのする部屋だった。買ったばかりの電化製品に電源を入れた時の匂いだ。しかし、機器の類《たぐ》いは見当たらない。

クリーム色のスチール棚が壁沿いに設置されている。部屋の中心にあるのは円形のソファだ。五人が背中合わせに腰掛けられるらしい。

中に入ってドアを閉めると、内側に禁煙のプレートが貼られていた。

「ここは?」

「アーカイブスつまり過去に手がけた作品の記録室。今は全部電子データ化されたんで、ここまで見に来る人はいない物置でさ」

他人の目と耳が届き難いという訳だ。棚が壁際にあるお蔭で死角もない。

「デジタル化以前のフィルムもあるのかい？」

「あるよお」

「宝の山じゃないか」

雪穂が歓喜に支配されてふらふらと棚の方へ歩いて行く。

「調査は？　先生」

「次は君の番だ、クロネ君」

棚の年数表示に気を取られ、雪穂の返答は雲みたいにふわふわと上《うわ》の空《そら》だ。

「まったく」

幸多は溜め息で肩を落として諦《あきら》めた。

「ええと、座ろうか」

「押忍《おす》」

知糸が威勢良く応えてソファに腰を下ろす。幸多は彼女の隣に座り、頭の中で状況をおさらいした。

「昨日公開の『傘でフランスを歩きませんか』について聞きたいんだけど」

「人呼んでつまり『カサフランカ』」

「多方面からクレームが付きそうな略称だなあ」

「デンマーク出身の監督が撮った相当な意欲作だよ、あれは。傘職人の主人公が流浪《るろう》の画家と恋に落ちて、喧嘩《けんか》して、すれ違って、ぬる〜いアンニュイラブロマンスと思わせておいて、ひょんな事から政治的謀略に巻き込まれた末に、高度な頭脳戦に突入。最後は主人公の傘がキーとなって、全パリ市民が文字通り傘でフランスを歩く展開に。ダブルミーニングを仕込んだ邦題も熱い！　あ、ネタバレしちゃった」

「大丈夫。聞いても全然想像が付かない」

幸多が確信を籠《こ》めて答えると、知糸は冷や汗を拭《ぬぐ》う動作をする。

「予告の頃からじわじわ話題になって、うちに来た発注数も増えたんだけど、こうなっちゃ話題じゃなくて問題の種でしょ」

「確認しておきたいんだけど」

「うん」

「映画のデータはここで作っている」

「そうだよ」

知糸が頷くと眼鏡がずれる。

「字幕を取り違えたのは現像所？」

「字幕班《うち》は悪くない！」

知糸が眉を吊り上げて語調を強める。雪穂が振り向く。

会話が途切れたのは、幸多が勢いに飲まれたからだ。視線を返す事しか出来ないでいる彼に、知糸は奥歯を噛《か》み合わせて眉間を強張らせる。

「うちはちゃんとデータを作った。三回見直して現像班にデータを渡したのに、彼奴《あいつ》ら、全部うちの所為にして尻尾《しっぽ》切りする気なんだ」

幸多も思わず眉根を寄せた。

「字幕班が映像に文字を入れるのか？　えーと、何が聞きたいかと言うと、字幕が入った映像をコピーして量産するだけなら現像班の言い分も通るよな」

「文字入れする会社もあるけど、へーしゃは別だよ。社内オリジナルフォントを使って、ｘｍｌ形式の字幕データとフォントセットを現像班に渡すんだ」

「字幕は映像とは別の、単独のデータって事だな。渡した後は？」

「現像班が、映像ファイルと音声ファイルと一緒にパッキングする。構成リストなんかのメタデータを作るのも、暗号解除キーを設定するのもあっちだから、うちは手出しの仕様がないのに」

「暗号っていうと？」

「セキュリティー設定だよ。映画館側でロックを解除しないと使えないようになってる」

「盗難にあってもデータが開けないって事か」

「うちで手がけた正規品の証明にもなる。暗号キーがなければファイルを開く事すら出来ないから……やらかした奴《やつ》は絶対うちの中にいる」

知糸が深く俯《うつむ》き、落ちそうになった眼鏡を押さえて顔を覆った。

捏造《ねつぞう》された筋書きに齟齬《そご》がなければ、事実を有耶無耶《うやむや》にしても事態は収拾するだろう。

一部の人間が保身に走り、都合の良い誰かを切り捨てる。皺寄《しわよ》せを押し付けられる確率はロシアンルーレットより不公平だ。

「現像班というのは？」

「データを統合して量産する部署だよ。彼奴ら、もらったデータを合わせて出力するだけなのに、何かある度にこっちの所為にして難癖《なんくせ》付けて来るんだ」

知糸が右手の上に左手を重ねて威嚇するみたいに前歯を剝《む》く。

「製作会社から映像を受け取って、字幕班が字幕を作る」

「外注で持ち込まれる事もあるけど。うちの場合は、洋画の八割は翻訳家さんにもらった訳を社内で打ってるよ」

「知糸さん達は正しいデータを現像班に渡した」

「間違えようがない」

彼女の言い分を信じるならば、字幕を取り違えたのは現像班という事になる。推測で不確かな事は言えないが、幸多も現像班の方が怪しく思えていた。

理由は事故の起きた映画館数だ。

配給した全館で字幕の不一致が起きているなら、大元のデータが間違えていたと考える方が綻《ほころ》びがない。しかし、無事に上映出来た映画館もあるならば、量産する過程でデータを取り違えた可能性が高いのではないだろうか。

いずれにせよ、問題の発生源は玉鉤現像所にある可能性が高い。

「先生。現像班の人に話を聞けば、真相に辿り着けるんじゃないか?」

「もう終点かあ」

雪穂の背中が落胆する。幸多は手帳に鉛筆を挟んで閉じた。

「目的地と言えよ。真相が知りたかったんだろ」

「それもそうか」

「そうだよ、先生。知糸さん、現像班に取り次ぎを頼めるかな。適当な理由で」

「適当イズつまり隠密《おんみつ》行動! 見学者とか」

「よろしく」

「エージェントが味方に付けば鬼に金棒っす」

知糸が無邪気に喜ぶのは分かるが、雪穂まで楽しそうにしているのが解《げ》せない。徐々に後に引けなくなっていく危機感が彼にはないのだろうか。

「遂に犯人と御対面だ。楽しみだねえ、クロネ君」

「はいはい。そうだな」

明日はゆっくり眠れそうだ。幸多は立ち上がり、雪穂が開けた棚を閉めた。

7

現像班という名称は、聞く者に引き伸ばし機や薬品を連想させるのではないだろうか。実際にあったのは物々しい機械とパソコン群だ。あらゆる物に定位置が与えられているかのように整然として、五台ある机には飴ひとつ転がっていない。

この部屋と先程までいた字幕班の部屋を比べて、どちらがより不慮のミスが起こりやすい環境かと尋ねられたら、答えは一方に偏《かたよ》りそうだ。

室内には幸多から見える限りで四人の社員がおり、二人はパソコンと睨めっこ、一人は大型機械に掛かり切り、最後の一人は机でスマートフォンを操作している。

知糸は迷わず四人目の男に近付くと、平手で気軽に背中を叩いた。

「うわっ！」

男が振り返った勢いでバランスを崩し、椅子から転げ落ちる。後を追って椅子が大きな音を立てて倒れ、卵形のキャスターが空回りした。

さほど強く叩いたようには見えなかったが。

知糸は笑い飛ばそうとしたらしい。口を笑みの形に引き上げたが、余りに大仰な反応に笑い切れず、曖昧な表情で叩いた手を幽霊の様に垂らした。

「四葉《よつば》。何かあったん?」

「知糸か。三時間後に出直してくれ。お前と喧嘩してる暇はない」

「何だと! そういうの傲慢不遜って言うんだぞ、無礼者」

知糸が憤然とする。

年齢の摑《つか》み難い男だ。長い前髪を鼻先まで垂らして、隙間から覗く双眸は白目が多く、ただ見上げるだけでも睨んでいるように感じられる。濃い隈《くま》が下瞼に居座って、顔色は冴《さ》えない。

知糸が怒れば怒るほど男の態度は冷めていく。窓の外の雨を見ているかのようだ。

「彼が犯人? なんかイメージ違うなあ」

雪穂が釈然としないという声を出す。

「先生。そういう問題じゃないだろ」

況してまだ話も聞いていない。決め付けるのは早計だ。

幸多は彼が立ち上がるのに手を貸して、反対の手で倒れた椅子を起こした。

「大丈夫?」

「どうも。誰?」

四葉が訝しがるのも無理はない。

「わたしの大学の部下だ」

知糸が二人の間に駆け込むと、四葉の目付きが一層、胡乱《うろん》になった。

「もしかして後輩って言いたい？」

「言い間違いだ。揚げ足坊主《ぼうず》」

「お前の日本語がいい加減なんだ。よく字幕班に入れたな」

「己。お、おのれえ」

いちいち皮肉めいた言い回しをする四葉に対し、知糸の反論は途中から呻《うめ》きと化して、勝機がない。

四葉が鼻で嗤《わら》って机に向かう。が、彼の椅子には既に別の人間が座っていた。

「うーん。どれが映像ファイルでどれが字幕ファイルだい？」

雪穂が画面を凝視してマウスに手を伸ばす。

「お前、何して……触るな！」

四葉はマウスを取り上げて、コマンドキーボードをUSBポートから引き抜いた。

「言っただろう。構っている暇はないんだ。字幕班の失態で使い物にならなくなったディスクの分、再生産しなくてはならないんでな」

「うちは完璧《かんぺき》なデータを渡したって言ってるだろお」

知糸が床を踏み鳴らしたが、四葉は聞く耳を持たず、視界にすら入れない。受話器を上げる彼の背中を指差して、知糸が雪穂と幸多に向かって口を開閉させて訴えかけた。

四葉は画面まで隠す気はないようだ。幸多が見ても分からないと思われているのだろう。現に、幸多には彼が何をしているのか理解出来ない。

「参ったな。どうする、先生？」

「どうするとは？」

雪穂が椅子を反転させる。幸多は床にしゃがんで声を潜めた。

「字幕班にせよ、現像班にせよ、現像所で起きたミスには変わりなさそうだ。賠償の請求先は決まったも同然だろう。ここいらで手打ちにしちゃあどうだ？」

「随分と大雑把な結論だ。君は四葉さんが断罪されても、知糸さんが断罪されても、冤罪《えんざい》だったとしても構わないと言うんだね」

雪穂の人差し指が幸多の鼻先に突き付けられる。

「構わなくはないけど」

幸多は言葉が続かなくなってしまった。知糸の眼差《まなざ》しに罪悪感を覚えて、まるで鮫皮《さめがわ》の下ろし金で皮膚を擦《す》られている気分になる。

「心配しなくていいよ、知糸さん。クロネ君はここぞという時に弱気になる性質《たち》なんだ」

「心配の種でしかないんすけど、それ」

「うん？」

フォローのつもりだったのだろうか。雪穂の笑顔が一瞬停止する。知糸はますます瞳に懐疑《かいぎ》の色を深めて、幸多の腕を引っ張り、彼女の身長まで身体を傾かせた。

「秘密任務！　頼んますよ」

「話を聞きたいのは山々なんだけど」

幸多が見遣ると、四葉は別のパソコン画面に齧《かじ》り付きながら電話の相手と熱心に話している。漸く受話器を置いたかと思うと、次はスマートフォンのケースを開いて操作し始めた。息吐く暇もない。

「では、こうしてはどうだろう」

「先生？」

雪穂は徐《おもむろ》に立ち上がり、椅子を転がしていって四葉の背後に付ける。座面の縁で膝裏を突かれた四葉は、前方に気を取られていた所為か、嘘みたいに綺麗《きれい》に腰を下ろした。本人も目を瞬《またた》かせている。

「いいえ、何でもないです。申し訳ありません。すぐに代わりを手配します。よろしくお願い致します」

四葉は覚束ない口調ではあったが、体裁を保《たも》ち、電話を切るなり椅子ごと振り向いた。

「知糸、後輩にハーネスを付けておいてくれないか」

「何を！　もう一遍言ってみろ」

「先輩」

ポンチョで腕まくりをする知糸を雪穂が制する。彼の微笑みが場違いに朗らかで、知糸と四葉は出鼻を挫《くじ》かれたようだった。

雪穂がしなやかに肘を持ち上げ、手の平を幸多の方へ向けた。

「彼は今日、知糸先輩を頼り、貴方のお話を聞く為に来たのです。金言《きんげん》を賜《たまわ》れると喜び勇んで伺ったのに、罵詈雑言《ばりぞうごん》を土産に帰されるとはあまりに無慈悲ではありませんか」

「は？」

幸多の驚きを打ち消すように、雪穂がにこりと笑みを広げる。

「先輩方のお仕事が終わるまで待つ事も辞さないでしょう。彼は器用ですから、お役に立てる事もあると思います」

幸多の口が、意識する前に唖然と開いた。

（先生、どういうつもりだ）

「自分は関係ないような口振りだな」

「私は知糸先輩と字幕の書体についてお話が」

「雑用は一人か……」

四葉が下唇に親指を押し付けて考え込む。幸多は話に割って入りたかったが、門前払いも覚悟していた四葉の反応が満更でもないので、躊躇ってしまった。

四葉の仕事が一段落すれば話が出来る。雑用とは言え現像班の作業を間近で観察すれば、得られるものもあるかもしれない。

幸多の頭の中の天秤《てんびん》が、労働と情報を載せてぐらぐらと揺れる。

決断は、四葉の方が早かった。

「ちょうどいい。手が足りなかったんだ」

「よかったね、クロネ君」

雪穂が無邪気に喜ぶ。

「御親切にどうも」

幸多は引《ひ》き攣《つ》りそうになる頬を抑えるので精一杯だった。

四葉が細い顎《あご》をしゃくって幸多を促す。

「黒音です。現像班はこれで全員ですか？　今日お休みの人は」

「いる訳がない。この危機的事態に直面して我々は最善を尽くしている」

「そういう意味ではなかったんですが」

机の方へ目を逸らした幸多を、四葉が険《けわ》しい目付きで睨んだ。

「あと十五分で第一陣の検品が終わる。遠い所から順に届けてくれ」

「え、社外？」

「一時間で戻れるな。その頃には次が出来ている筈だ」

四葉がパソコンを操作すると、離れた場所のコピー機が地図を印刷した紙を次々と吐き出す。素人の幸多がどんな仕事をさせられるのかと思えば、成程、配達ならば幸多でも間違いなく出来るだろう。

(仕方ない。乗りかかった舟だ)

幸多は体内から微温《ぬる》い不満を追い出して、手渡された地図を頭に叩き込んだ。

8

使い走りと称されるに相応しい。

幸多は現像所を起点に近郊の市街を走り回った。初めは徒歩と電車で。十五時を回った頃に奥田映写館が配達先に挙がった為、ついでに家に寄って自転車で漕《こ》ぎ出した。

競技用の二輪車を道路交通法に基づいて公道を走れるように改造したもので、幸多の筋力と体力に応じて、自動二輪に匹敵《ひってき》する速度での走行を可能にする。

配達先は半分以上が映画館だ。奥田映写館と同じく、字幕に不備があり、配給会社まで交換に行けなかった場所らしい。

幸多が試しに何食わぬ顔で話を聞いてみると、皆が口を揃《そろ》えて大変だったと愚痴《ぐち》を吐いた。一方で、幸多は字幕以外の異常のなさが引っかかった。

「上映するまで分からなかったんですか？」

「疑いもしませんでした」

配達に回って十数軒目。綺麗なミニシネマの生真面目《きまじめ》そうな館長が下を向いた。艶のある黒髪が彼女に倣《なら》うようにサラサラと前へ流れて、赤くなった頬を隠す。

彼女は髪と顔の間に右手を差し入れた。

「事前にスタッフが観て確認する習慣がなかったんです。初回の上映を行ったところ、別の映画の字幕が表示されました。常連さんがすぐに教えに来て下さって、以降は字幕が違っていても構わないと仰る方々だけに割引価格で御案内させて頂きました」

「上映は続けたんですね」

「当館は海外のお客様も多いので、音声が合っているならいいと言われまして」

答えながら、彼女の逸らした目に後悔と迷いが過る。

「字幕以外で普段と違うところはなかった？」

「特に思い当たりません。いつも通りの時間に、いつものディスクが入ったいつもの箱を、いつもの配達員さんが運んで下さいました。……今日は違いますね」

「イレギュラーな事態で人手が足りないみたいです。判子《はんこ》か署名お願いします」

「お気の毒に」

館長は同情的に嘆息して、伝票に判子を押し、幸多から荷物を受け取った。

拍子抜けするほど何もない。証拠どころか隠すべき痕跡もない。幸多はガードレールと自転車のタイヤに巻き付けた鍵《かぎ》を外して、冷えたサドルに跨《また》がった。

ペダルを踏むとタイヤがしっかりと地面を食み、幸多の足が負荷に押し勝つ度に回転数を上げる。風が耳元で轟々《ごうごう》と鳴り、空気に氷の粒が散っているかのように切るような寒さが痛みに変わった。

一漕ぎで抜き去る街並みは平穏そのものだ。世界は正しく回っている。次の瞬間に死病が蔓延《まんえん》する事も、空が落ちてくる事もない。

ただ字幕が合っていなかっただけ。

それなのに、雪穂は何故わざわざ事を大きくしたがるのだろう。

『彼はお節介なのか厄介なのか分かり兼ねます』

武見の言は的確だ。

『雪穂先生はどうして無茶をしてまで更に依頼を取り付けたのかと思ってね』

社長が疑問を口にした時、幸多は胃の内側にべったりと黒いタールを塗布《とふ》されたような感覚がした。

不安、或いは恐怖に似ている。

考えると心臓が不規則に鼓動を強くして、呼吸を妨げる。重い肺から吐き出した息が白くなり、風に流れて跡形もなく消えた。

（どうして）

幸多はペダルを強く踏んで速度を上げたが、頭を包み込む靄《もや》は流れてくれない。

何故、雪穂はこの件に強引に関わろうとするのだろう。

四葉に幸多を差し出して。

知糸と不自然なほど親しく距離を詰めて。

峰岸に依頼までさせて。

（先生は、探偵でも何でもないのに）

幸多は車体を歩道に寄せてブレーキを握り締めた。

街路樹の下から現像所の建物を見上げると、屋上に伸《の》し掛かるように雨雲が垂れ込めている。空は太陽を失い、窓に灯《とも》る光が夜闇《よやみ》にあって力を放つ。さながら黒幕が待つ悪の本拠地だ。

幸多は自転車を歩道に引き上げて建物に寄せて停《と》めた。入り口のガラス扉を開けると、番兵たる警備員は幸多の行く手を阻む事なく、慣れた笑顔で目礼をする。臨時の配達員とはいえ、一日にこれだけ出入りをすれば記憶もするだろう。

（先生の思惑が何であれ、現像班の追及が済めば調査は終わりだ）

幸多は階段の踊り場で息を整え、残りの階段で心を鎮《しず》め、現像班までの廊下で表情を作った。

「お疲れ様です」

「クロネ君」

幸多が現像班の扉を開けると、部屋の隅に立つ雪穂と知糸が目に入った。

二人が再び現像班を訪れたという事は、配達が終わり、幸多はお役御免になったからだろう。幸多は当然そう思ったが、終わったにしては室内が慌ただしい。

「もう一度お願いします。いいえ決して、そんな筈ありません」

四葉が真剣な面持ちで電話をしている。見開いた目は血走って、画面の光を反射する肌が真っ青に見える。

「先生。何かあったのか？」

「うん」

雪穂は言葉少なに頷くだけだ。知糸は幸多を避けるように顔を背けてしまう。

「すぐに確認の人員を向かわせます。はい。失礼します」

四葉が受話器を置く。彼は幸多に気付くと、一直線に歩み寄って尚《なお》も足を止めず、拳《こぶし》を固めた腕で幸多を扉に押し付けた。

扉に嵌《は》め込まれた曇りガラスが耳障《みみざわ》りな音を立てた。

「黒音。配達は？」

四葉の三白眼《さんぱくがん》が幸多を睨め上げる。

「終わったけど」

「プレデアスエンターテイメントにも届けたか？」

「プレデアス……」

「うちの親会社だ。映画の製作、輸入を主軸に据えて、様々な娯楽分野で業績を伸ばしている。配達先の中でも一際大きなビルだった筈だ」

「待って」

幸多が腕を上げると、押さえ付ける四葉の腕に緊張が走る。幸多は手の平を開いて見せ、肩から下げた配達鞄を前へずらして、伝票の束《たば》を取り出した。

それを見ていた知糸が近付いて来たかと思うと、伝票を幸多から取り上げる。彼女は薄い用紙に難儀しながら一枚ずつ捲《めく》り、数枚目で手を止めて、四葉に差し出した。

「ある」

知糸の、幸多を見る瞳の色に滲んだのは憐《あわ》れみだ。

「あったらまずいのか？　預かったディスクは言われた場所、全部に届けた。届いてないって言うなら分かるが、届いてるならいいだろう」

「よくも抜け抜けと！」

四葉が更に腕を押し付けて、幸多の肋骨《ろっこつ》を圧迫する。

「……ッ」

幸多は息が詰まって、咳払《せきばら》いで無理やり空気を通そうとした。が、四葉の力が思いの外《ほか》強く、背中側からの圧力が肺を締め上げた。

ミシ、と軋《きし》んだのは扉か骨か。

「離……せ」

幸多は両足で床を捉え、膝から腰、上半身へと力を伝えた。体勢さえ確保すれば四葉の腕を振り払う程度、訳もない。

幸多が上体を扉から数ミリ持ち上げた時、雪穂が腕を伸ばして四葉の手を摑んだ。

四葉が雪穂を見据える。雪穂の方は一瞥くれただけだ。

「先生」

「クロネ君。先程、とある上映会で映像と異なる字幕が表示されたそうだ」

雪穂が淡々と説明する声が、粉雪より静かに耳に積もる。

「またカサフランカか？　それともまた別の——」

「白々《しらじら》しい」

遮って詰《なじ》った四葉を、雪穂が冷静な眼光で制する。

幸多の中にあった不安と恐怖の火種に、粉雪が触れて蒸発する。眼球が熱い。

雪穂の唇が動くのが怖い。

「表示された字幕は、プレデアスエンターテイメント会長への脅迫文」

「止《や》めてくれ、先生」

幸多は首を振ったが、止められない事は自分でも分かっていた。

事実は曲がらない。

「ディスクを届けたのは君だ。クロネ君」

雪穂の声がやけに明瞭《めいりょう》に聞こえる。対して、四葉の腕が離れる感覚は曖昧で、背中が扉に飲み込まれたかのように身体が重い。

視界が広がり、全ての情報が流れ込んで幸多の神経を酷使する。

四葉が受話器を上げ、110番を押した。

第二章　雪穂史郎

1

親会社であるプレデアスエンターテイメントから玉鉤《ぎょくこう》現像所に報《しら》せが入ったのは、終業時間の頃だった。

夕陽《ゆうひ》が余韻も残さず沈み、真っ暗になった窓は鏡の様に雪穂《ゆきほ》の姿を映す。

日没が早くなった。雪穂が時計を探して字幕班のフロアの壁を見回すと、モーターが回転するような音が聞こえて来た。

軽い音だが、無視をするには五月蠅《うるさ》い。音に呼応するようにパーティションの向こうから椅子が軋む音が聞こえて、社員が伸びをする腕が見える。

(はて?)

音は絶え間なく鳴り、しかも移動しているようだ。

雪穂がプレーリードッグの様に音の元を探って耳を峙《そばだ》てていると、知糸《ちいと》がマウスから手を離して不思議そうに彼を見上げた。

「雪穂さん、字間詰め終わったよぉ」

「これ何の音?」

「うっひええ、もうそんな時間かあ。慣れ切って聞き流してた」

「時間」

雪穂が踵《かかと》を下ろして向き直ると、知糸はペンギンの形をした時計を取り、ファンシーな文字板を掲げた。

「お掃除ロボ、是《こ》れ則《すなわ》ち終業の合図っす」

「ほう」

「各部署に一台ずつ、タイマーで五時に動き出して、残業する社員を追い立てる悪魔の手先ですぜ」

知糸が椅子ごと移動して、パーティションの切れ間から外に顔を出す。雪穂も一緒になって音がする方を見ていると、円盤形の自動掃除機が壁沿いに走って来た。

自動掃除機は行く手を遮られては方向転換して、回転するブラシで壁と床の隙間から埃を掻《か》き出す。カラジュームの植木鉢に跳《は》ね返ってパーティションの中に進入すると、入れ違いで社員が出てきた。

「物理的な終業ベルだ」

ややあって通路に戻った自動掃除機は、今度はパーティションに沿って進み、知糸のワークスペースに入る。椅子に足を引き上げた知糸は追い立て役の体当たりを逃れたようだ。自動掃除機が直線を走っては壁で向きを微調整して隅々まで清掃する。

「お帰りはあちら」

知糸が外を指差すと、自動掃除機はまるで見えていたかのように直進して、隣の席へと回って行った。

昨今、労働環境の整備は重大な課題とされている。労働基準法による最低限の保障で、社員の気勢と作業効率を上げるアイディアに苦心する経営者は多いようだ。

「雪穂さんはフリー？　九時五時？」

知糸が座面から足を下ろす。

雪穂は一応、答える前に考えた。嘘を重ね過ぎると自分の言葉を忘れてしまう。人を騙《だま》すには程よく真実を挟むのが効果的だ。

幸い、雪穂の勤務体系は外部調査員と名乗っても破綻《はたん》しないと判断出来た。

「成果報酬だよ。要した時間は金にも自慢にもならない」

「一週間掛けても一日で終わらせても収入は同じ？」

「一年掛かっても」

「基本給なしは厳しい。楽して儲《もう》けたい」

知糸が消沈して頭を抱《かか》える。夢を見せて即座に砕《くだ》いてしまったようだ。

雪穂は彼女の膝からペンギンの時計を取り上げて、背面の穴を覗き込んだ。特に何も見えない。

「現像班にも掃除機は走っているかい？　話はまだ聞けないのかな」

「今日は流石に残業かも。黒音《くろね》さんをいつまでも使うなって脅しておこう」

「名案だ」

字幕班で見聞きする話は雪穂にとって興味深かったが、本来の目的は達成し得ない。知糸が内線の番号を確認する。備え付けの味気ない電話に椅子を寄せて、再度、番号表を見た時だった。

電話に並んだボタンのひとつが赤く点滅して、雀《すずめ》とホオジロの中間の様な鳴き声を発する。知糸は雑な手付きで受話器を取り、邪険に応答した。

「今掛けようと思ってた！」

彼女の言葉に、おや、と思って雪穂は電話に目を凝《こ》らした。噂をすれば影だろうか。発信者を知らせる情報は見当たらないが、点灯しているのが内線のランプだと分かる。

「は？　こっちにはいないけど」

知糸が雪穂を振り返った。その表情は一転、困惑に支配されている。

「嘘だろ。だってあの人……あ、いや、後輩だけど。え？」

雪穂が首を傾げると、知糸が虚《うつ》ろに頭を振る。

「分かった。そっちに行く」

知糸は受話器を戻して、電話に手を載せたまま動かなくなってしまった。

「四葉《よつば》さん？」

「すぐ来いって。雪穂さんも一緒に」

「それじゃあ、行こうか」

電話の会話は全く聞こえなかったが、来いと言うなら行かねば始まらない。雪穂が歩き出そうとすると、知糸が飛び付くようにして雪穂の羽織《はおり》の背中を摑んだ。

「何？」

真後ろに立たれて、背の低い彼女の脳天も見えない。羽織が更に引っ張られる。

「よくない事が起きたっぽい。直《じか》に聞いた方がいいと思うけど、何か、黒音さんが疑われてる」

「……ほう」

雪穂以外にも幸多を訝しむ人間がいたとは。

知糸が小走りで字幕班を出ようとして、戻って来た社員とぶつかりそうになる。雪穂は彼ににこりと微笑みかけて部屋を出た。

背後で、自動掃除機がエラー音を発するのが聞こえた。

2

そして現在に至る。

配達から帰って来た幸多《こうた》は、申し開きをする暇《いとま》も与えられず、四葉に拘束された。

周囲を窺う幸多の瞳が道に迷った大型犬の様である。

身長こそ雪穂より低いが体型はしっかりとして、不利な体勢に追い込まれても体幹はぶれない。自転車でも使ったのだろう、黒い前髪が真ん中で割れて額が寒さで赤らんでいたが、体力が底を突いた様子はなかった。幸多が腕に力を籠めれば、四葉を容易に振《ふ》り解《ほど》く事が出来るだろう。

四葉が痺《しび》れを切らしたように眉を吊り上げる。

幸多の背で扉が軋む。

（もう少し傍観していたかったけれど、無意味にこじれても面倒だな）

雪穂は四葉の腕に手を置いた。

「先生」

幸多の態度から反発が薄れ、弱々しい声音に困惑を含む。

「クロネ君。先程、とある上映会で映像と異なる字幕が表示されたそうだ」

「またカサフランカか？　それともまた別の――」

「白々しい」

今は四葉ではなく幸多の話を聞いているのだが、他人同士の会話を遮るとはどういった心理が働いたのだろう。雪穂が四葉を観察すると彼は押し黙ってしまった。

（まあいいか）

雪穂は幸多に視線を返した。

幸多の双眸は凍《こご》えたように雪穂を捉え続け、その唇は動きそうで動かない。

雪穂は彼が戻る前に四葉から聞いた話をしてやる事にした。

「表示された字幕は、プレデアスエンターテイメント会長への脅迫文」

内線電話で連絡を受けて現像班へ向かった雪穂と知糸を待ち受けていたのは、パニックに陥《おちい》った四葉達だった。

彼らはパソコンを始めとした様々な機器にしがみ付くようにして、必死で目と手を動かしていた。話を聞くまでに三度、知糸の平手が炸裂《さくれつ》した事は雪穂の胸に秘めておくが、お蔭でようやっと聞き出せた話によれば、今日は彼らの親会社、プレデアスエンターテイメントの社内劇場で上映会があったという。

重役と製作関係者が招待される公開記念パーティー前の催しで、代表取締役の親であり前代表を務めた大河内《おおこうち》会長も出席していた。

上映作品は『傘でフランスを歩きませんか』。

公開初日の騒ぎを聞いて確認をしたところ、プレデアスエンターテイメントにあったHDDの字幕にも不具合が見付かった。

そこで映画館同様、再生産したHDDが届けられた。

上映に先んじて確認された範囲では、字幕に不備はなかったという。冒頭僅か十分間の確認ではあったが、適切なファイルが保存されていると判断した社員を責める事は出来ないだろう。

社内の関係者が業務を切り上げて出迎えの準備をする。社外の招待客が徐々に集まって席を埋める。上映開始間際になると、大河内会長と娘の亜澄《あすみ》社長が上階から下りて来る。彼らは招待客に挨拶をして、続きはパーティーで、と締め括り、愛想良く笑って後方に座った。

照明が落ちて、上映が始まったのが十六時半。

物語が幕を開けて十五分が過ぎ、いよいよ主人公がフランスへの旅立ちを決意するシーンでの事だった。

妹が姉の旅路を心配して、呼びかける。音声では姉の名を呼ぶ妹の台詞だが、字幕には別の名前が表示された。

『大河内会長』

劇場に小さな波紋が広がるように、微《かす》かなざわめきが起きた。

それでもすぐ大騒ぎにならなかったのは、多くの人が――大河内本人も含め――サプライズの演出だと考えたからではないかという。

雪穂は実物を見ていない。プレデアスエンターテイメントから連絡を受けた四葉に聞いた要約になるが、続く妹の台詞には、このような字幕が表示された。

『大河内一族は滅ぶべし。さもなくば、新たな血が流される』

直後に映像が消えたのは、映写室の社員が慌ててスイッチを切った為だったが、闇に飲まれた劇場には悲鳴が上がり、外へ出ようとした人々が通路でぶつかり合って混沌《こんとん》の坩堝《るつぼ》と化した。

騒ぎの中、漸く照明が光を灯した時、新たな悲鳴が喧騒《けんそう》を裂いた。

大河内会長が胸を押さえて気を失っていた。

これが、雪穂が聞いた上映会での一部始終だ。

犯人がどんな手を使って字幕に脅迫文を捩じ込んだのかはまだ分からない。四葉達現像班は量産したディスクから無作為に選んだひとつを送っており、受け取ったプレデアスエンターテイメントは二人の社員が箱から取り出してそのまま機器にセットしたという。

どちらも同僚の目を盗むのは困難な状況だった。

しかし唯《ただ》一人、誰にも見られずディスクを掏《す》り替《か》えられた人物がいた。

「止めてくれ、先生」

幸多が首を振る。

事実は事実、目を瞑《つぶ》っても救いはない。

「ディスクを届けたのは君だ。クロネ君」

それが一体何を意味するのか。

雪穂は真実が語られるのを待った。幸多の口から犯人の正体を聞きたかった。

だが、幸多は妙に冷静に辺りを眺めるばかりだ。

抵抗の意志を失ったかのような幸多に、四葉が腕を下ろして踵を返す。彼はその足で机に向かうと、受話器を持ち上げて110番を押した。

「クロネ君。捕まってしまうよ?」

幸多が物言いたげな眼差しを返した。が、声にはせず目を伏せる。

「調査員じゃなかったのか? 外部の公平な目線で調査してくれるって信じてたのに」

知糸が怯《おび》えるように歩を引き、椅子に腿《もも》をぶつけて蹲《うずくま》る。

幸多は最早《もはや》、何も見ようとしない。

現像班の社員達が遠巻きに彼を警戒している。放置されたパソコンの画面が消え、室内が急に静かになったように感じられる。何処かにある時計の針が秒を刻む音が響く。

「君は私の知るクロネ君ではないようだ」

「…………」

「薄々感じていた。君の行動には矛盾《むじゅん》がある」

「……先生」

幸多が頭を擡《もた》げて、雪穂を見据える。その瞳は、朗らかに笑う平生《へいぜい》の彼とは別人の様に虚《うつ》ろだった。

「失礼します。通報があったのはこちらですか？」

扉が開かれて、幸多が押し出されるように前へ足を出す。知糸が過敏に反応して四葉達の傍《そば》に逃げ込む。

現れたのは制服を着た二人の警察官だ。

四葉が知糸を後ろへやり、幸多を指し示した。

「その人が会長を脅迫しました」

警察官は互いに顔を見合わせて、微《かす》かに頷き合う。

「直接、暴行を加えたりはしていないですか？」

「ないです」

「分かりました。えー、貴方」

警察官が左右から幸多に近付く。

幸多が一度だけ扉を見た。

「はい」

「よければちょっと御同行願えますか？　任意になりますが、ここで事情を聞くよりね、話し易《やす》いでしょう貴方も」

警察官の態度は友好的だが、それぞれに自《みずか》らの身体を盾にして、雪穂と四葉を守っている。お蔭で幸多の表情が見えない。

「行きます」

無感動に応じる声。

警察官の一人が扉を開ける。四葉達が固唾《かたず》を呑《の》んで幸多の一挙手一投足を警戒する。

幸多は従順に、促されるまま部屋を出て行った。

雪穂が最後に見た彼の横顔は、何故か安堵の微笑みを浮かべていた。

3

警察官が詳しい経緯を訊く事なく幸多を連れて行ったのには理由があった。

プレデアスエンターテイメントが既に通報しており、連携して話が通っていたらしい。

「署の担当が皆さんにお話を聞きに来る事もあるかもしれません。関連する物証は捨てずに保管して下さい。提出をお願いする場合があります」

「気を付けます」

四葉が答える。警察官は帽子の鍔《つば》に手を添えて敬礼して、現像班から退室した。

張り詰めた空気が拘束を解《と》かれたように崩れる。四葉が椅子に座ろうとして、知糸に先を越され、疲弊《ひへい》した溜め息を吐いた。知糸が脱力して上体を傾けた。

「無理。キャパ超えた」

「何が後輩だ、知糸。あんな奴を社内に招き入れるなど失態極まれりだ。そっちの奴は大丈夫なんだろうな」

「おや？　火花が飛んで来たね」

雪穂は愉快な気持ちを堪《こら》えて微笑みに昇華した。手を叩いて笑ったら怒られそうだ。

四葉がしかつめらしい面持ちをする。

「共犯なのではないか？　あの男に手伝うよう言ったのはお前だ。どうやって知糸を買収した？　金か。高待遇の転職先をちらつかせたか」

「違うんだよお。詳しくは話せないんだけど」

「何だそれは」

四葉が眉を顰める。知糸が沈黙と共に息まで止めて頬を膨《ふく》らませる。現像班の同僚達が首を伸ばして様子を窺うと、知糸は両手で口を押さえた。

呼吸はしてくれて良いのだが。雪穂は彼女を解放する事にした。

「知糸さん、協力ありがとう。もういいよ」

「……っは！　雪穂さん」

知糸が肩で息をする。窒息は免《まぬが》れたようだ。

雪穂は四葉達の注目を一手に受けて、彼らが待てる限界のタイミングを見計らって告白した。

「私はある機関に依頼されて、誤った字幕が流れた原因を探りに来た」

「ある機関って……」

「言ったら私以外の誰かが失業するんじゃないかな。誰が首を切られるか試してみる？」

「やめろ。言うな」

同僚の一人が耳を塞《ふさ》ぎ、一人が目を瞑り、四葉が雪穂の口を押さえようとする。雪穂は彼の手を軽く除《の》けた。既にわざわざ笑ってみせるまでもない。

「さて、ふりだしに戻った訳だけれども」

「何を言う。解決しただろう」

四葉が扉の方を見遣る。幸多を連行して閉じられた扉だ。

「犯人にとってはこれからが贖罪《しょくざい》の始まりになるだろうがな」

「おや。君は全ての犯人がクロネ君だと思っているの？　些《いささ》か短絡的ではないかな」

「きっ！　貴様の言葉選びの方が短絡的だ」

「言い方が悪かったという事だね。ふーむ、近視眼的ではどう?」

雪穂の代案は同意を得られなかったが、反論もされなかったので良しとする。

「公開初日に方々の映画館で流された『カサフランカ』。差し替えられていた字幕の方は何という映画だったかな」

「『ダイイングパンプキン』だ」

雪穂が見た誤った字幕にカボチャを絡めたジョークが多いと思っていたが、表題だったらしい。

「大量にばらまかれた字幕不備のディスクと、脅迫状が入ったディスクがひとつ。クロネ君が脅迫者と仮定した場合、映画館で誤った字幕を表示した方法がまず謎だ」

「脅迫文と同様に字幕データを入れ替えたのだろう」

「何処で?」

四葉は状況から逆算して幸多を犯人として告発したが、大元まで遡ってはいなかったようだ。雪穂の初歩的な疑問に、理解が追い付かないとばかりに瞬きを繰り返す。

雪穂は室内に鎮座《ちんざ》する機器を一望した。

「クロネ君はプレデアスエンターテイメントに脅迫文を届ける事が出来た。けれど、私が知る限り、クロネ君には字幕に細工《さいく》する技術がない」

「だったら、共犯がいなくちゃ奇妙しい」

知糸が机から起き上がって声を弾《はず》ませた。思い至った嬉しさが先に立ったのだろう。雪穂もその気持ちには非常に共感する。

だが、反応としては青ざめた四葉の方が多数派になるだろう。

「私は君の言う通り、クロネ君にここでの手伝いを勧めた。まさか配達を任せるなんて思いも寄らなかったからね」

「そ、それも貴様の思惑だろう！」

「私が何を考えていようと状況証拠にすらならない。事実はこうかな。君達は部外者を近付けさせない選択が出来た。にも拘《かかわ》らず、配達を依頼した。君達は字幕を書き換える技術と設備を持っている」

「そうか。そういう事か」

知糸が遅れて真っ青になる。

「ね」

雪穂は両手の指先を合わせて小首を傾げた。

「君達にかけられた容疑は晴れていない」

「……悔《くや》しいが、認めざるを得ないな」

「うんうん。素直な子は好きだよ。在る物を探すのは簡単だけど、無い事を証明するのは難しいね。頑張って」

雪穂が和やかに応援したというのに、四葉は刺々《とげとげ》しく雪穂を睨んで低く唸《うな》る。思ったほど素直ではなかったようだ。

「班長。構成ファイルの履歴をリストにしましょう」

四葉が知糸を追い立て、空いた椅子に座る。立ち尽くしていた社員が身を翻《ひるがえ》した。

「削除データの復旧もすべきです」

「早速取り掛かろう。しかし、映画館の方の取り違えられた字幕データはあるぞ。『ダイイングパンプキン』の字幕も手掛けたのはうちだ」

「とりあえず、脅迫文だけでも存在しない事を証明しましょう」

「知糸。字幕班にもデータがない事を確認するんだ」

「あいよ！　うちの班長に緊急連絡《エマージェンシー》する」

知糸は言うが早いか戸口へ走り、思い出したように雪穂の前に戻って来る。

「結果が出たらすぐにお知らせするので。機関への報告はもうちょっと待って下さい」

「依頼主に伝えるね」

「よろしくお願いしゃっす。そうだ。あと、四葉」

知糸の呼びかけに、四葉が左耳を僅かにこちらへ向ける。

「プレデアスに届いたHDDって見られない？　字幕データのファイル名があると検索し易いんだけど」

「プレデアスが通報したなら、警察に提出したのではないか？」

「差し押さえってやつだな」

「お前は辞書の最新版を買って熟読しろ」

キーボードを打つ手と並行して悪態《あくたい》を吐けるとは、四葉にとって厭味《いやみ》は呼吸に等しいのかもしれない。雪穂は思わず観察する眼《め》で彼を見てしまった。

「それじゃあ、私が行こう」

「辞書を買いに？」

四葉と知糸が同時に振り返る。

雪穂は訂正するのが面倒で、微笑みで有耶無耶《うやむや》にして続けた。

「警察には伝手《つて》がある」

「雪穂さん、パネェ」

「国家権力が付いているという事は、つまり依頼元は……」

パソコンからエラー音がする。四葉が慌てて長い文字列を打ち込む。

「では、失礼するよ」

「お疲れ様です」

知糸が毅然《きぜん》と見送ってから、自分も出て行くところだったのを思い出したのだろう、小走りに後を付いて来る。雪穂が扉を開けた時、後ろで椅子がガタンと鳴った。

「雪穂さん」

呼ばれて、雪穂が振り向くと、四葉が妙に畏《かしこ》まって直立している。

「何かな？」

「雇用主の詮索《せんさく》はしません。でも、貴方が警察に信用されている人物だとしたら、一緒に行動していたあの黒音とかいう奴は何なのですか？」

四葉の口調から感じ取れるのは困惑と憤《いきどお》りだ。分からないでもない。

そして答えは、雪穂にも分からない。

「正義の味方だと思っていたのだけれどね」

雪穂は殆《ほとん》ど独白の様に呟《つぶや》いた。

4

プレデアスエンターテイメントと玉鉤現像所が警察の定めた区分で同一地域に分類されていたのが幸いした。

更に奥田《おくだ》映写館とも同じ管轄《かんかつ》だった事は、運が雪穂に味方しているとしか思えない。

雪穂は三池《みいけ》警察署の入り口に立ち、ガラス戸に映った自分を見て失敗に気付いた。

着替えるのを忘れた。コーデュロイのパンツと薄手のセーターは良いとして、羽織《はお》っているのが外套《がいとう》ではなかった。古い着物に羽毛を詰めた部屋着だ。半纏《はんてん》より丈《たけ》が長く、ダウンは温かく、包《くる》まれば寝袋級の保温性能を誇る冬のうたた寝の友である。

屋外を歩いても凍える事はなく、雪穂に不満はない。

だが、これから会う相手は絶対に咎める。確実に説教される。

「………」

雪穂は考えた。

(今から帰って着替えるのは面倒だなあ)

帰るより説教を甘んじて受ける方に軍配が上がった。

警察署の玄関を通ると、すぐに階段が現れる。一階部分は駐車場になっており、受付も各課も二階より上にあるからだ。噂では、消防署の様に二階から駐車場へ直接下りる穴が空いているというが、雪穂は見た事がない。あわよくば試してみたい。

端の捲《まく》れたフロアシートが、鉢植えのアロエで押さえられている。階段の滑《すべ》り止《ど》めは数段置きに剝《は》がれて、却《かえ》って爪先を取られそうだ。

小豆《あずき》色に塗られた手摺《てす》りは接合部が錆《さ》びて今にも折れそうだが、上面は摩擦で剝げて鈍《にぶ》く光っている。雪穂が四階への上り口に差し掛かると、前をスーツの女性が歩いており、あと三段というところでバランスを崩した。

滑り止めに足を取られたのだ。言わぬ事ではない。

「あっ」

雪穂はひとつ飛ばしで追い付いて、仰向けに落ちそうになった彼女の背に腕を回した。

「こんにちは、珠子《たまこ》さん」

「史郎《しろう》君」

彼女が目を丸くする。ショートボブの真っ直《ます》ぐな黒髪が揺れて、普段は隠れている耳が覗くと幼《おさな》い印象になったのは意外だ。

雪穂は彼女を引き上げて、両足が床を捉えたのを確かめてから手を離した。

「ありがとう」

「元に戻った。大人っぽい」

「？　史郎君より三つも年上だもの。自他共に認める大人です」

珠子がポケットからセロハンテープを取り出して、滑り止めに応急処置を施《ほどこ》す。雪穂は反対側にしゃがみ、滑り止めを押さえて手伝った。

「ガムテープで留めておいたのに、また外れたみたい」

「この建物は珠子さんよりずっと年上だもの。レタリングが全部手書きなところは最高だから、建て替える時は事前に譲って欲しいなあ」

「消火栓の扉を部屋に飾るの？」

雪穂は本気だったが、珠子には子供をあやすみたいに笑って流されてしまった。

「ありがとう。後できちんと直しておくわ」

「手伝う？」

「大丈夫。島虎《しまとら》さんなら屋上よ」

珠子が廊下の突き当たりの扉を見遣る。雪穂は彼女に礼を言ってそちらへ移動した。

建物の側面に設《しつら》えられた鉄筋製の階段は寒い。風が容赦なく吹き付けるからだ。非常階段だが一階からは繋がっておらず、地上へ避難する時は梯子《はしご》を下ろさなければならない。上へ続く階段は途中で鉄格子の扉が行く手を塞《ふさ》いでいたが、署員なら誰でも開け方を知っていて、雪穂も中学生の頃に彼がやるのを見て覚えた。

雪穂は鉄格子に背を付けた。特別な工具を使わなければ開かない閂《かんぬき》と見せかけて、後ろ向きに立って格子の間から腕を潜らせると、鍵に容易に手が届くのだ。

雪穂は羽織の襟《えり》を合わせて北風を凌《しの》ぎ、階段を上り切った。

平坦《へいたん》な屋上だ。

見回すと三百六十度に街並みを眺める事が出来る。通りを歩いていると建物ばかりに感じるが、こうして上から見渡すと緑地も多い。

南方へ首を巡らせると、屋上の隅に奇妙な形をした金属製のフレームが肩を寄せ合っている。

そこにスーツの馴染んだ背中が見えた。

「叔父《おじ》さん」

雪穂が呼びかけると、男は腰を上げる事はせず、上体だけを捻《ひね》って手を挙げた。

背は高いのに筋肉が付き難いのは母方に受け継がれる遺伝子なのだろう。それでも雪穂よりは体付きが分厚く、四肢の動きはしなやかだ。

眉に掛からないほど短い髪を更に上げて、露になった精悍《せいかん》な顔立ちは祖父に似ている。祖父は制服姿の凛々《りり》しいパイロットだったが、息子の彼は制服を着ない刑事を選んだ。

名を木島虎之助《きじまとらのすけ》という。

「史郎。寝巻きで彷徨《うろつ》くな」

言われると思った。

「温かいんだよ。羽毛が入ってる」

「布団《ふとん》じゃねえか」

「成程」

虎之助の言葉は如何にも正しい。

「史郎。あんまり周りを困らせるなよ」

「叔父さんを困らせてるのは別の人でしょう?　今回に限っては」

「……仕事は仕事だ」

虎之助は割り切った物言いをしたが、言い終わった後の口はへの字に下がっている。

雪穂は隣に座って、緑地の常緑樹を眺めた。

「クロネ君は何処？」

「取調室だ」

「叔父さんには話をした？」

「いくら史郎の頼みでも、捜査情報は教えられない」

「反対だよ。今日は情報提供に来たんだ」

「友達《あいつ》を売るのか？」

虎之助が愕然《がくぜん》とした声を出すので、雪穂は続きがあるのだろうと思って待った。虎之助は頰骨を鷲摑《わしづか》みにするように口許《くちもと》を覆い、外方を向いて眉を顰めた。

「言える立場じゃなかった。すまん」

「いいよ」

「すまん。情報ってのは？」

「脅迫状が送られる前日にあちこちの映画館で事故が起きた」

「脅迫文が仕込まれたのと同じ映画らしいな」

「同一犯か気にならない？」

「知ってるのか？」

虎之助が身体ごと雪穂に向き直る。

雪穂は一度立ち上がって、虎之助の反対隣に座った。

「叔父を風除《かぜよ》けにするな」

「うん」

戻るつもりはない。雪穂は話を再開した。

「仮に同一犯で、それがクロネ君なら筋は通る。自分がアルバイトする映画館を対象に紛れ込ませて、調査の口実を作る。首尾《しゅび》よく懐《ふところ》に潜り込めば、頼まれた態《てい》で配達員になる事も可能だ」

「辻褄《つじつま》は合うが」

虎之助が腕組みをして背中を丸める。彼の肩甲骨《けんこうこつ》を滑るように吹いた風が雪穂の顔に当たって、冷えた鼻の奥が痛む。

雪穂も無意識に腕組みをした。

この仮定は、筋は通るが矛盾が残る。

「クロネ君はどうして自ら関わろうとしなかったんだろうか」

「幸多は調査に乗り気じゃなかったのか？」

「奇妙しいよね」

「は……」

虎之助は一瞬、呼吸を止めたかと思うと、膝を叩いて笑い出した。

「そりゃあ、幸多を犯人と決め付けた逆算だ。矛盾を解明しない限り、真相にはなり得ない。自白と書類で強引に穴を埋められる時代じゃないぞ」

「クロネ君は逮捕されないの？」

「物証が出て、裏を取るまでは、飽《あ》くまで任意の参考人だ」

虎之助は一頻《ひとしき》り笑った後、腰を上げて雪穂の肩を軽く叩く。

「史郎、下りるぞ。こんな所まで入って来やがって」

雪穂は謎の枠から立ち上がり、折角《せっかく》上ったので青空を仰いだ。上空はここより強い風が吹き荒《すさ》んでいるらしい。雲が目に見えて形を変えながら流れていく。

雪穂が屋上を対角線上に渡ると、虎之助が追い付くのを待ってから階段を下りる。雪穂は虎之助の寝癖《ねぐせ》で潰れた旋毛《つむじ》に、無意識に視線を繋ぎ留めた。

「叔父さん。脅迫文の入ったＨＤＤの事だけど」

「聞いたのか。口の軽い奴がいるな」

虎之助が歩を緩める。無断で玉鉤現像所に潜り込んでいたとは言えないから、架空の誰かに汚名を着てもらうとしよう。

「さっき話した仮説も検証してくれる？」

「字幕の取り違えも幸多が仕組んだって？」

「そこが分からない。こっちを仮定するとあっちが矛盾して、あっちを基準にするとそっちとこっちが矛盾する」

雪穂の脳内では長らく矛盾が渦《うず》を巻いていて、無限の循環を構築している。エネルギに変換出来ず、寧ろ消費するばかりなのだから歯痒《はがゆ》くて仕様がない。

雪穂が渦巻きに搦め取られて黙り込むと、虎之助が閂を外して嘆息した。

「被疑者を決め打ちはしないが、脅迫文のデータと不良品のデータを検証して同一犯かどうかを調べてもらう」

「あと、玉鉤現像所がファイル名を知りたいそうだよ。潔白を証明したいんだって」

「そんなもん教えて、万が一、現像所が噛んでたら証拠隠滅されるだろ」

「警察には映画のHDDを解析する機械があるの？」

「……ねえな」

虎之助が雪穂を引きずり込んで、鉄格子の扉を閉める。格子に背中を押し当てて閂を掛け直す様は、傍目《はため》に見ると若干滑稽《こっけい》だ。

彼は鉄格子を掴み、手前に引いて施錠を確認した。無骨な金属音が、雪穂に閉じ込められたような感覚を与えた。

「警察立ち会いの下で検証してもらうか。ちゃんと調べるから心配するな」

「よかった」

「お前さんの方の文字は仕上がりそうか？」

「もう少しかな」

「会う度に言ってやがる」

虎之助は苦笑いをして、親指で廊下の奥を示した。

「寄って行くか？　コーヒーくらいあるぞ」

「今日の豆は？」

「昨日も今日も明日も明後日も特売コーヒーのアメリカンだ」

「エスプレッソマシーンを入れたらいいのに」

近頃ではオフィスに本体をレンタルして、置き薬の様にポーションを補充する形態《サービス》も浸透したと聞く。雪穂の何気ない提案は、虎之助に前髪ごと額を叩かれて却下された。

「島虎さん！」

二人が刑事課に近付くと、戸口から珠子が手招きをする。

「悪いな、珠子。休憩長くもらって」

「休憩は労働者の権利であり義務です。それよりお話が」

珠子は言《い》い止《さ》して、史郎に優しく微笑みかける。

「史郎君。ちょっとごめんね」

「ストーブに当たってろ。裾、気を付けろよ」

虎之助と珠子が刑事課の窓辺へ移動する。雪穂はデスクにいる数人の顔見知りに会釈をして、言われた通り、石油ストーブの傍に立った。

何とも静かだ。

ストーブの炎が燃える音がする。机と備品で床が覆われて雑然とした室内は、午前中の青みがかった陽光の中にあって深海に沈んだ廃墟《はいきょ》の様だ。山積した書類が古代語で綴《つづ》られていたらと、夢物語を思い描いて密《ひそ》やかに心が躍る。

水底の静寂は、しかし、内密な話には不向きだった。

「配送センターに裏が取れました」

珠子の潜めた声が聞こえる。全ての音を聞き取るのは困難だが、人間の脳には抜け落ちた空白を補完する能力が備わっていた。

「急な欠員で人手不足に陥り、玉鉤現像所の依頼を断ったそうです」

「情報を摑んでいれば、代理の配達員が必要になる事は予想出来た訳だな」

「それがですね」

珠子がちらりと雪穂を見たので、雪穂は初めから二人を気にも留めていない風を装って壁の方を向いた。珠子が慎重に声量を落とす。

「当該地区……の配達員……行方不明…………捜索願がうちに……」

北の煤《すす》けた壁には扉が三枚並んでいる。

北東の角に第二会議室。そこから左に第一聴取室、第二聴取室と印字されている。

美しい古い手書きの文字だ。

第一聴取室の扉は鎖《とざ》されているが、第二聴取室の扉にはドアストッパーがかまされているようだ。半開きの隙間から中は見えない。ドアノブに『使用中』の札が下がっている。

虎之助と珠子が深刻な表情で議論を交《か》わす。

雪穂はストーブを離れた。

着物の裾から焦《こ》げた匂いがした。

5

警察官に同行して約十五時間。彼はずっとここにいたのだろうか。流石に夜は寝床が貸し出されるのだろうか。雪穂は警察に連行された事がないから分からない。

彼は雪穂の姿を認めると、目を擦り、重い瞼を持ち上げた。

「先生」

「やあ、クロネ君」

雪穂は踵でドアストッパーを外し、後ろ手に扉を閉めた。

「眠そうだね」

「まあな。この机がコタツだったら即落ちしてる」

幸多がスチール製の机に右手を広げて伏せる。

雪穂は事務椅子を引き寄せて、彼の正面に腰かけた。座り心地の悪い座面の下で、不揃いなバネが軋んだ。

「聞いたよ。この辺りを担当する配達員が欠勤しているんだって?」

「ああ。だから奥田映写館にも見慣れない配達員が来てたのか。無事だといいけど」

「不思議な言い方をするね」

幸多の顎が左手の頬杖から僅かに浮く。

「何処が?」

「無自覚なら恐ろしいな。いや、クロネ君はそうでないと」

「何だよ」

幸多が不満げに眉を寄せる。雪穂は左目を眇《すが》め、浮かんでしまった笑みを歪めた。

「私は配達員が『欠勤』したと言った。欠勤した社員は多くの場合、無事なものだよ」

病気であれ、事故であれ、欠勤という表現は後の出勤を前提に使われる。

だが、行方不明だと知っていたなら別だ。

「大体分かるだろ。こんな状況で言われれば察しが付く」

「そうだね。クロネ君が分からない筈がない」

雪穂は瞼を閉じ、左の眦《まなじり》を指先で伸ばして心を鎮めた。悲しみが心臓に纏《まと》わり付いて、気を抜くと彼から笑顔を奪いそうになる。

「奥田映写館で字幕の異常が発覚してから、クロネ君は二言目には解決だ、もう終わりだと言って関わろうとしなかった。知る事に興味を示さないのは、既に知っているから？」

「それを言うなら、先生の方が不自然だ。不審と言ってもいい」

「私？」

幸多が居住まいを正し、真剣な面持ちで雪穂を見据える。

「事件が起きても、解決しても、先生には一ミリも関係ない。なのに、積極的に首を突っ込んで、好奇心の限度を超えてる」

「私には、クロネ君がわざと知らないフリをしているように見える」

「だから御親切に渦中に蹴落《けお》としたのか？　配達を押し付けられて、街中走り回って、疑われて連行されて、晴れて容疑者のお仲間入りだ。お見事だよ」

幸多が捨て鉢になったように語調を荒らげた。

雪穂は声を失った。子供の頃だったら、泣いていたかもしれない。大人になった今はただ茫然《ぼうぜん》として、空洞になった心に何を入れれば良いのかと思案に暮れるだけだ。

部屋の外から、虎之助の声が聞こえる。

雪穂は俯いたまま唇を開いた。

「もう行くよ。私はいなくなった配達員を捜す」

「！　ダメだ」

慌ただしい気配が扉を開ける。

「史郎、何をやってる。聴取中の面会は禁止だ。出ろ」

虎之助に叱《しか》られて、雪穂は大人しく席を立った。

「先生！　待て」

背後で幸多の椅子が鳴る。

「さようなら、クロネ君」

雪穂は扉を押さえる虎之助の横を通って、悠々と退室した。

＊＊＊

玉鉤現像所の字幕班七名、現像班四名は警察の再訪に震え上がった。

社内には至る所に息を潜めるような気配が感じられる。彼らも自主的に前日からの検証作業を続行しており、数人は会社に泊まったらしく無精髭《ぶしょうひげ》が見られる。知糸などは寝ぼけ眼《まなこ》で会議室に駆け込んで来た。

彼らが招集された会議室で待ち構えていたのは、二人の刑事と二人の警察官だ。現像所の所長も同席していた事がまた、彼らに切迫した事態を認識させたのだろう。

所長がシャツの襟が食い込むほど太い首を上下に動かして、社員の数を確認した。

「全員いますね」

彼らは息を呑み、答えられないでいる。まるで水を掛けられて怯えきった鼠《ねずみ》だ。壁際で肩を寄せ合い、所長の目を盗んで顔を見合わせる。

所長は咳払いをして、楕円《だえん》に組まれた会議机の上座を譲った。

長身の男性刑事と小柄だが姿勢の良い女性刑事は視線を交わすまでもなく、女性刑事が窓辺に立って一同を見渡す。パンツスーツのシルエットが高級スーツブランドのカタログを彷彿《ほうふつ》とさせる、堂《どう》に入《い》った立ち姿だ。彼女は張りのある声で一同に呼びかけた。

「三池警察署の夙川《しゅくがわ》珠子と申します。プレデアスエンターテイメントに送り付けられた脅迫状の捜査で参りました。御協力をお願い致します」

社員に動揺のさざ波が立つ。寝耳に水という風ではない。薄々覚悟はしていたが、予想より早かったという焦燥が強く見られた。

「私が字幕班を、木島が現像班を拝見します。以降の作業は例外なく私達の見える場所で行って下さい。早速お願い致します」

夙川は有無を言う隙を与えず所長に目礼をして、一方の警察官と動き出す。字幕班の面々が慌てて彼女を追い、会議室を後にした。

木島は彼女よりは幾分、緩慢な動作で会議机を回り込む。彼は残った警察官を手招きで呼び寄せて、現像班四名をじっくりと見回した。

「木島虎之助だ。現像班ってのは君達四人か？」

「はい。班長の青山《あおやま》と申します」

「逸瀬《いっせ》」

「鹿野《しかの》といいます」

「四葉です」

次々に名乗る彼らに対して、メモを取っているのは警察官だ。

木島は猛禽類《もうきん》に似た目で全員を注視する。彼が何かに納得したみたいに頷くと、社員達が泳ぐ視線に不安を募《つの》らせた。

「仕事中に悪いな。よろしく」

「何をすれば良いのでしょう？」

「中身が見たい」

木島が取り出したのは、ジッパー付きのビニール袋に入ったＨＤＤだ。袋はふたつあり、右手側には証拠1、左手側には参考4とマジックで書き記されている。

「では、現像班へどうぞ。機械がありますので」

班長の青山が率先して木島を促し、一人ずつ所長にお辞儀をして会議室を出る。六人はそのまま縦一列に廊下を歩いていたが、木島が不意に足を止めて後続の鹿野に道を譲る。

目の前には喫煙所があり、鹿野はさして気に留めた様子もなく先に行く。続いて四葉が通り過ぎようとすると、木島は唐突に歩を再開して彼と歩を並べた。

長い前髪の陰で四葉の目線が鋭利に動く。眼球の回転する音が聞こえるかのようだ。

「何か」

「話は聞いた。お前さん方は脅迫状のファイル名を知りたいんだろう？」

「……出まかせではなかったようですね」

二人の間には、共通した男が思い浮かんでいる事だろう。

四葉は彼を直視する木島から疎《うと》ましそうに顔を背けた。

「決して、疚《やま》しい理由からではありません。汚名を濯《そそ》ぐ為です」

「だろうよ」

木島が不敵に口《くち》の端《はし》を上げる。

「プレデアス本社の捜査は昨日で大凡《おおよそ》終わった。次は関連会社だ」

「弊社は無関係です。プレデアスの会長が辞任しても、百害あって一利なしですから」

「その辺りの話も是非聞きたいね」

先頭の青山が階段を下りて最初の扉を開け、警察官と共に部屋の中に入って行く。四人と同様に扉を潜ろうとした四葉を、木島は腕を引いて廊下に引き戻した。

「！」

四葉が目を剝いて睨むのを、木島は真っ向から見据えて返す。

「ファイル探しをおれの目の前でやるなら便宜《べんぎ》を図ろう。警察がまず知りたいのは字幕不備と脅迫文、ふたつのディスクを作ったのが同一犯かって事だ」

「うちに脅迫文の原盤が残っていると言うのですか？」

「エンジニアさんは消したデータも戻せるらしいな。隅々まで丹念に探してくれ」

「嫌味たらしい。素人のフリをして、監視を任されたからには不審な操作を見分ける知識をお持ちなのでしょう？」

四葉が苛立《ちょっと》ちを露にして、力尽くで腕を引き戻す。

木島は一寸意表を突かれたように黙ってから、快活に笑って、室内を顎で示した。

「あっちの小金井《こがねい》がな。交番勤務の警官なんだが、何とかいうプログラミングの世界大会で二位になった事があるそうだ。さあ、始めようか」

木島が両手を打ち鳴らすと、全員が一斉に戸口を振り返る。四葉はまだ不満げだったが、木島にHDDを差し出されて、押し切られるようにそれらを両手で受け取った。

「青山班長。最初にボリュームインデックスを確認していいですか？」

「そうしよう。まずは事故の方だ」

青山が全てのパソコンに電源を入れようとして、小金井に止められる。効率が悪くとも監視を徹底する方針で、警察側は意思の統一が図られているようだ。

青山に促されて、四葉が席に着く。

木島が彼の背後に立って、椅子の背もたれに右腕を乗せた。

「何インデックス？」

「ボリュームインデックス。このディスクに記録されている全てのファイルを表示させます。名前の付け方や保存の順番に各現像所の癖が出ますし、パッキングリストにないファイルが捻じ込まれているかもしれません」

説明を受けても木島の眉は依然、歪んだままだ。

「小金井、解説頼む」

「はい。表の目次と裏の目次を比べるといった意味合いと考えられます」

小金井の簡潔な説明に異を唱える者はいない。

「モニターだけ追加します」

鹿野が薄い液晶画面を隣の机に置き、コードを繋ぐ。それを受けて四葉が設定を有効にすると、連動して同じ画面が表示された。

これで、木島と小金井、それに他の社員も監視に加わった事になる。

「字幕に不備があった方のデータを読み込みます」

四葉の宣言を境に、室内が一層シンと静まり返る。

仰々しい機械に参考4のＨＤＤがセットされ、箱から微かに音がし始める。最初に出現したのはパスワード入力を求めるボックスだ。四葉が長いコードを打ち込むと、やがて黒い窓に白い文字が流れ出す。

「あ」

声を上げたのは、四人ほぼ同時だった。

「字幕ファイルが違う」

「番号が一年ずれてますね」

「どういう事だ？」

木島が彼らの間に首を突っ込む。

「うちではファイルの名前をタイトルの頭文字と製作国、封切り日八桁《けた》で設定しています。西暦の下一桁が違っているので、一年前に作られた別の映画の字幕ファイルを入れてしまったと考えられます」

「きっと字幕班だ。彼奴らはいつも詰めで何かやらかす」

「純粋に事故だったならある意味、安心した」

四葉は吐き捨てるように罵ったが、他の三人は安堵の色が強い。

「次は、本社に届けられた方ですね」

肩透かしの結果のお蔭で、緊張が緩和したのだろう。逸瀬が静電気除去シートを念入りに撫《な》でてから、証拠1のＨＤＤを外して四葉に差し出した。

再び、パスワードの入力が要求され、黒い窓が立ち上がる。白い文字が流れる。

木島以外の全員が食い入るように画面に寄り、忙《せわ》しなく目を上下させた。

沈黙の末に独白したのは、青山だった。

「脅迫文のファイルが……ない」

木島が右肩を竦める。

「ないって事はないだろ。現に上映会で使われた現物だ」

「字幕のファイルが正規のひとつしか保存されていないという意味です」

「再生してみましょう」

二台目のモニターを見ていた鹿野が青山に進言する。

青山が木島を窺う。木島はほぼ迷わずに答えた。

「やってくれ」

「四葉」

「はい」

青山の指示を受けて四葉がキーボードを操作する。新しい表示窓と幾つかのツールボックスが開いたかと思うと、件《くだん》の映画が幕を開けた。

序盤はカントリーサイドの美しい街並みから始まる。中学校英語を習った者ならば、時折聞き取れる単語と字幕の内容に隔たりがない事が分かるだろう。

「十五分ほど進めます」

四葉がシークバーを動かす。それから数分も経《た》たない内に、件の場面が来た。

主人公と妹が小さな部屋で会話をするシーンだ。直前までは日々の鬱屈《うっくつ》と都会への憧《あこが》れを語っており、旅立ちを決意した姉に、妹は編み針を置いて問いかけた。

『我□はプレデアスエンターテイメント、大河内会長の辞任を□求する』

空気が張り詰めた。

皆が画面に釘付《くぎづ》けになる中、木島が全員に目を配る。突出して違和感のある反応をする者はいない。

字幕が妹を宥《なだ》める姉の笑顔と乖離《かいり》する。

『直ちに実行しなければ、類縁、□戚、遠祖末□に至るまで、災□が降りかかるだろう。死□□□の道を往け。妄執の果てに□け』

「クロスワードパズルか？」

木島が、目を離さず見ていましたとばかりに疑念を挟む。

「映像が赤い所為か、飛び散った血で消えたみたいに見えますね……」

鹿野の怯懦《きょうだ》が寒気となって伝播《でんぱ》した辺りで、字幕は姉妹の会話に戻り、はしゃぐ二人の笑い声が虚《むな》しく室内に谺《こだま》した。

四葉が再生を止める。社員達が声を失う理由が、木島にはピンと来ないようだ。

「小金井、解説」

「はい」

小金井が手帳からペンを上げて、前のページを捲った。

「ディスクに保存されている字幕データと思《おぼ》しきファイルは一点でした。脅迫文とプログラムを追加して、本編の字幕から脅迫文へ一旦《いったん》切り替えて、再び元に戻したという方法ではない事が分かります」

「バイパスみたいなもんだな」

木島の相槌《あいづち》に小金井が頷く。

「つまり、脅迫文は字幕に組み込まれていた事になります」

「ふむ」

「脅迫文を混ぜ込んだ字幕のデータを作っておいて、本来のファイルと同名で上書き保存する。これ自体は理《り》に適《かな》っています。ファイル名が同じであれば、指令《コマンド》を書き換えずに済むからです」

小金井の説明に、木島は徐々に眉間の皺の形状を複雑にする。小金井は手帳のページを行き来して、遂には両手で閉じて身を乗り出した。

「犯人が余所《よそ》でこのデータを作ったとなると、説明が付かない点があります」

「って言うと?」

「犯人は何故、前後全ての台詞を一字一句知っていたのかという点です」

「……成程な」

木島がようやっと腑に落ちたという風に四葉達を見据える。彼らは疾《と》うにその事実の危険性に気付いていたようだ。

「正規の字幕に脅迫文を混ぜ込むには時間が掛かる、専用の機材も要《い》る。配達員がプレデアスに届けに行くまでの間に編集すると考えるのは現実的じゃない」

「はい」

「だが、予《あらかじ》め準備しておく為には正規品の字幕データが必要になる。初日に正しく上映された映画館で全文書き写せば不可能ではないが、暗闇《くらやみ》で二時間、メモを取り続けるのは困難だろう。まあ、決め付けは冤罪《えんざい》の元だから検証はするがね」

木島の瞳に映った端から、社員達が石像の様に硬直していく。

「小金井、結論」

木島に応えて、小金井が両手を背に回し、胸を反《そ》らす。

「脅迫文以外の文章が一字一句、正規品と差異がなかった場合、問題の字幕はここで作られた可能性が高くなります」

「自分達は……でも、まさか」

逸瀬の否定が先細って弱々しく消える。比例して強くなったのは猜疑心《さいぎしん》だ。

「完成版との字幕の比較。ファイル編集の痕跡《こんせき》。脅迫文の捜索」

木島が指折り数えて止め、腰に手を当てた。

「長丁場になりそうだ」

木島の溜め息が室内に殊更《ことさら》響いて、互いに探り合うような火種に油を注いだ。

6

奥田映写館にも見慣れない配達員が来ていた。

幸多の言い逃れでないなら、行方不明になった配達員は奥田社長とも面識がある筈だ。

「いつも来る配達の子ですか」

社長は仕事中にも拘らず、雪穂の質問に誠実に取り合って席を立つ。彼は事務所の棚から棚へと探して回り、青いファイルを見付け出した。

どうやら伝票の控《ひか》えらしい。

「飯田《いいだ》さんですね」

社長が雪穂に見せたのは、先月の日付が入った配給会社から送られた前売り特典の伝票だ。配達担当者の欄に判子が押されてあり、飯田の二文字が円の内側に窮屈そうに納まっている。

「一昨日から来るようになったのは、ええと、笹原《ささはら》さん」

「配達員の交代はよくあるの？」

「頻繁ではありませんが。飯田さんは半年くらい前にこの辺りの担当になって、その前は一年くらい同じ人だったでしょうか。新人さんは道を覚えるだけでも大変でしょうね」

「バイク便でカーナビは使えるのかなあ」

雪穂はスマートフォンで飯田と笹原の印影を撮影した。

「どうもありがとう、奥田さん」

「いえいえ。ところで雪穂先生、幸多君は御一緒では？」

「今日は一緒じゃないよ」

雪穂が端的に答えると、社長はファイルを仕舞って背中を丸める。

「実は昨日、帰って来なかったようで……忙しいだけなら良いのですが、心配です」

「大丈夫。安全な場所にいますよ」

「はい。きっとそうですね。ありがとうございます」

社長が慰められたと勘違いして礼を言う。雪穂は事実を伝えたに過ぎなかったので、返事に迷い、訂正しない事にした。

配送会社の営業所は駅と駅の中間にあった。

「五分ほど待ってもらえます？」

雪穂はタクシーの運転手に言い置いて、道路を渡った。

二階建ての細長いビルには奥行きがあり、仕分け倉庫と連結しているらしい。

入り口のガラス扉には氷上を滑るペンギンの絵と社名、業務内容がレタリングされていたが、元はバイク便のみの配送だったようだ。宅配、運搬の文字だけ書体とサイズが微妙に異なっている。

雪穂はガラス扉の前で立ち尽くし、自動ドアでない事に思い至って引き戸を開けた。

「いらっしゃいませ」

ペンギン柄のシャツを着た女性が挨拶をして、先客の対応に戻る。企業相手以外でも繁盛しているらしい。伝票を発行する機械の前にも一人、段ボール箱の販売棚の前にも一人の客がいる。

接客カウンターの内側には事務机が数えるのが面倒なほど並んでいたが、社員の姿はなく、奥の扉から入って来た年配の男が雪穂に気付いて駆け寄った。

配達員の制服を着ている。五十絡みに見えるが、寒さの所為で皮膚が縮こまり、皺と眼《がん》窩《か》が深く沈んでいる事を加味すると幾らか年若だろうか。胸の名札には『内藤《ないとう》』と印字されている。

「お待たせしました。お送りですか？　引き取りですか？」

「すみません、どちらでもなく。ここで働いている飯田君に連絡が付かなくなってしまって。今日は出社しているかな?」

「飯田の」

途端に内藤が訝しがる。詐欺《さぎ》や借金の催促で職場を突く悪質な手口もあるから、警戒されて当然だ。雪穂は財布から名刺と保険証を抜き出して、並べて男に見せた。

「友人です」

「はあ」

内藤は名刺を受け取り、名前に住所、肩書を眺めて、得心したように首を縦に振った。

「飯田に連絡が付かないのは我々もです。無断欠勤して丸二日、電話にも出ないので御実家にも知らせたんですが、そうしたら今朝、お兄さんがみえて」

「何時頃?」

まだ近くにいれば、詳しく聞けるかもしれない。雪穂が望みを繋ごうとすると、内藤の身体が左へ傾く。雪穂は彼が眩暈《めまい》でも起こしたのかと思ったが、それにしては焦点がしっかりと引き絞られている。

「そこに」

雪穂は内藤が自分の後ろを見ていたのだと知って、背を返した。

瞬間、目が合ったのは髪の半分がピンク色をした人だ。彼は猫目をパッと開いて、手にした見本の段ボール箱を販売棚に押し込んだ。

「弟の話ですか？」

「飯田のお友達だそうです」

内藤に紹介されて、彼は飛び付くように雪穂の手を取った。

「飯田広紀《ひろき》です。専門学校に通ってます。和紀《かずき》が心配かけてごめんね」

「雪穂です」

「地元で会った覚えない気がする。こっちに出てからの友達？」

「仕事関係で知り合って、時々ごはんに行く、かな」

「そっかー。いつもありがと」

広紀は雪穂より年下に見えたが、弟の友人は弟も同然とばかりに気さくに接してくる。

雪穂は笑顔で調子を合わせておいた。違和感を抱かれない事が肝要だ。

「飯田君から連絡は？」

尋ねると、広紀は頭を振る。

「家族代表で僕が様子を見に来る事になって、職場に寄ったところなんだ」

「それじゃあ、ほぼ何も分からない状態か」

雪穂は落胆と共に独りごちた。職場からも家族からも情報が得られないとは思わなかった。飯田と特に親しくしていた人間を探して、いなくなった状況を知りたいが、内藤と広紀には期待出来そうにない。

「何か分かったら連絡するよ——御家族に」

雪穂は、我ながら取って付けた帳尻《ちょうじり》合わせで会話を切り上げた。

（実家の連絡先くらい訊いても良かったかな。話の流れ的に不自然ではない）

「！」

「わっ」

引き戸に手を掛けたところで踵を返した雪穂の胸に、広紀が衝突する。すぐ後ろを歩いていたようだ。

「ごめん。急に止まって」

「こっちこそごめん。ハハ、吃驚したね」

広紀が髪のピンク色と黒の境界を掻き上げて、照れくさそうに笑う。彼は内藤にお辞儀をすると、雪穂と殆ど一塊になって営業所の外に出た。

室内との温度差で舌が収縮する。喉《のど》が渇いて冷たくて痛い。

タクシーがハザードを点滅させている。信号はタイミング悪く、赤だ。

「お兄さん」

雪穂は手袋をして、羽織の合わせを引き寄せた。

「ん？」

「飯田君がいなくなる前、いつもと変わった様子はなかった?」

広紀が思い返すように道路標識を見上げる。

「なかった。親兄弟に話す事なんて高が知れてるけど。あ、でもよかったら」

車道の信号が黄色になるのを見ていた雪穂は、広紀の苦笑いが調子を変えるのを聞いて、視線を戻した。広紀はポケットを探って、何も付いていない銀色の鍵を取り出してみせる。

「これから弟の部屋に行くけど、一緒に行く?」

「!　行く」

雪穂は答えて、今にも変わりそうな信号と広紀とタクシーのハザードを見比べた。

最優先は飯田の部屋だ。彼が行方不明になった理由、延《ひ》いては配達員を不足させる為の工作が立証されれば、事件解決への革新的な一歩になる。

「タクシーを待たせているけど」

「歩ける距離だよ」

「じゃあ、料金を精算してこよう」

信号が青になると同時に雪穂が横断歩道を渡り始めると、広紀が遅れて白い線を踏む。

彼は雪穂が支払いを終わった頃に追い付いた。入れ違いでタクシーが走り去り、広紀のモッズコートをはためかせた。

「頻繁に連絡を取り合っていた訳ではないけど、こんな風に親に心配を掛ける弟じゃないんだ。何かあったなら、もし助けを求めていたなら、痕跡でも見付けてやりたい」

真昼の太陽が落とす影は短く黒い。

俯いた広紀は陰影の濃い景色に隔絶《かくぜつ》されて、途方に暮れているかのようだった。

7

飯田和紀の家は二棟建てのアパートの東端にあった。

全く同じ形状のアパートが二棟、南向きに建つ。敷地《しきち》に面した道路は東西より傾いているらしく、アパートは道路に対して三十度ほど斜めを向いて、空いた三角形の土地に花壇が作り付けられている。

北側に回り込むと扉とポストが並んでいたが、二階へ上る階段は見当たらない。建物を縦に割って貸し出すメゾネット型のアパートだ。

「和紀」

広紀がインターホンを鳴らす。返答はない。彼は鍵穴《かぎあな》に鍵を差し込んで回し、ドアノブを捻って引いた。

扉が開いて、ドアチェーンが掛けられていない事が分かる。

異音や異臭はない。

「どうぞ」

広紀は扉を雪穂に預けると、電気を点《つ》けながら二階へ上り、天井越しに足音を一周させて、階下に戻って来た。

「帰ってない」

「行き先が分かるものがあるかも」

雪穂は鍵を靴箱の上に置いて、リビングまで廊下を直進した。

遮光カーテンが開かれた室内は陽光だけでも充分に明るかった。

薄型のテレビと三人掛けのソファが向かい合っている。間に置かれたロウテーブルにゲームのコントローラーが放り出されて、一緒くたに転がるペットボトルは空に近い。屑籠《くずかご》から床にゴミが溢れている。大半は口を縛られたコンビニエンスストアの袋だ。形状を見るに弁当のケースだろう。

広紀がキッチンへ移動して冷蔵庫を開けた。

「何もないなー。ごめんね、雪穂君。コンビニでジュースでも買って来る」

「お構いなく」

「構うよ。弟の友達だよ？　わざわざ捜してくれる人が彼奴にいるとは思わなかった」

喜ぶ広紀の笑顔を見て良心が微動だにしないほど、雪穂の面の皮は厚くない。

「見付かるといいね」

「ありがとう。雪穂君に会えて本当にラッキーだった」

広紀がやかんに水を入れてガス台に掛ける。彼は食器棚からグラスをふたつ用意して、リビングを経由し、自分の鞄と靴箱の鍵を取った。

「すぐ帰るから。留守番よろしく」

扉が閉まり、靴音が遠ざかる。

「今の内に」

雪穂は手袋をしたまま、ノートパソコンの電源を入れた。起動の途中でパスワードが求められる。試しに適当に打ってみたが、開く筈もない。

電子が駄目なら物理である。

雪穂はパソコンを諦め、クロゼットの扉を開いて端へ折りたたんだ。

一畳ほどあるだろうか。本棚と収納棚が詰め込まれて、ゲームに本にDVD、一眼レフカメラ、ラジオ、卓上プラネタリウムなどが僅かな隙間まで埋めている。

注意深く見ていくと、棚の抽斗《ひきだし》から封筒が覗いている。

雪穂は躊躇いなく抽斗を開けた。

「給与明細か」

三つ折りの緑色の紙だ。表に『給与』の文字があり、配送センターと飯田の名が確認出来る。雪穂は他人の懐《ふところ》具合には興味を持てなかったが、この抽斗は重要度が高いと見た。緑の紙とふたつ折りの葉書が交互に重なっている。葉書はカードの明細だ。雪穂が何の気なしに捲ると六枚目で緑色が青色に変わったが、それ以外に目新しい変化はない。

何か見落としているのだろうか。それとも、二階を探すべきか。

雪穂が抽斗を閉めて、天井を仰いだ時だ。

嘘みたいに、雪穂の膝が崩れた。

「?」

床に座り込み、手を突こうとすると、今度は肘から先に力が入らない。

眩暈がして、雪穂の頭を取り巻く重力が回転する。立ち上がろうとする意志とは裏腹に、上体が横倒しになって、髪が視界に割り込んだ。

(ガス?)

プロパンならば空気より重い。横たわっていては、毒の沼地に浸《つ》かるようなものだ。都市ガスであれば空気より軽いから、伏せていた方が助かる確率が高くなる。

だが、いずれにせよ充満すれば変わりない。

中毒死か、静電気で着火する方が早いかの差だ。

開いたままの目が映すのは、見も知らぬ男の散らかった部屋だ。

雑誌やカレンダーの文字が紙から分離して、雪穂の傍《かたわ》らを踊り回る。

（ダンテ）
読みやすく、万人に愛される書体だ。

（花蓮華《はなれんげ》。アポロ。ヒラギノ、リュウミン、游明朝《りゅうみんちょう》はデザインにも本文にも強いな。

Bergellの曲線には嫉妬《しっと》した）

平仮名を覚えるより早く、雪穂は文字に魅せられた。

なんと美しい模様である事か。

覚えて綴《つづ》れば言葉を伝える符牒《ふちょう》にもなる。

様々な本を読み、クラス中の生徒のノートを覗いて回った。

教科書に印字された文字もまた、誰かが作ったのだと知った時、心が震えた。

一字ずつ刻んで、直して、加えて、削って、動かして。人の無意識に溶け込むような、視覚に残らない音の様な文字が作りたかった。

初めて作った書体は英字で五十二文字。

仮想ボディの詰めが甘く、字詰めなしでは使えない拙《つたな》い仕上がりだったが、作っている期間は紛れもなく雪穂と文字の蜜月《みつげつ》であった。

ひらがな八十三文字。

カタカナ八十一文字。

漢字の沼に足を踏み入れれば底なしの世界だ。楽しい時間が永遠に続く。

（私の作りかけの文字達。到頭、完成させてあげられなかった）

意識が朦朧《もうろう》とする。

（あの時、折角生き延びたのに……）

文字の輪郭《りんかく》がぼやけて、瞼が重くなる。

「――」

雪穂の終わりの言葉は、音にも文字にもならなかった。

柔らかい微睡《まどろ》みが意識を温かく包み込んだ。


ガシャン！


不粋《ぶすい》な音が鼓膜を貫いた刹那《せつな》、冷たい風が吹き抜けて、雪穂を包む繭《まゆ》を剝ぎ飛ばす。

「……寒い」

「先生！」

風が一層強くなり、窓が開かれて、聞き慣れた声が飛び込んで来る。否、順番は定かではない。雪穂が目を開くと、風と、音と、幸多の顔があった。

「クロネ君」

「いいから、出るぞ」

幸多が自分より長身の雪穂を担ぎ上げる。ソファを乗り越え、青ざめた。

「嘘だろ」

「クロネ君。クロゼットに封筒が――」

ピピピピピピ。

キッチンの方で電子音が鳴る。

幸多が窓の桟を蹴《け》る。

熱風が後方から噴《ふ》き上がり、雪穂の後頭部を掠《かす》めて解き放たれた。

幸多を下敷きにして仰向けに転がった雪穂は、飯田の部屋から炎が上がるのを見た。

「先生、もっと下がるぞ。火事だ！　避難しろ！」

幸多が起き上がり、大声で呼びかけながら雪穂を花壇まで引きずって、反対の手で電話を掛ける。消防への通報を済ませ、周囲の家が無人なのを確かめると、幸多は漸く彼自身も安全な場所に退いた。

雪穂は花壇を囲むレンガの縁に座り、幸多を見上げた。

「クロネ君。事情聴取は？」

「放免ではないけど、任意の参考人だし、身元と居場所もはっきりしてるからって帰された。先生は何してんだよ」

「君が代わりをした配達員を捜しに」

消防車のサイレンが近付いて来る。真っ赤な車両が敷地内に乗り入れて、消防隊員達が放水を開始した。

炎は怯んでは火勢を強める。

「先生、変だぞ」

幸多が顔面をこれ以上ないほど顰めた。

「先生が字幕に興味を持つのは分かる。本職だもんな。俺が外を駆け回ってる間、字幕屋さんらと文字の話が出来てさぞ楽しかっただろうよ。けど、事件がどうなろうと犯人がいようといまいと、これっぽっちも関係ないじゃないか」

「奇妙しいのはクロネ君の方だ！」

頭ごなしに詰られて、雪穂は溜めに溜め込んだ鬱憤《うっぷん》を一気に吐き出した。

飯田の部屋の二階の窓が熱で割れて、地上にガラスが降り注ぐ。

「目の前に事件があるのにどうして関わろうとしない。自分の存在意義を否定して、矛盾に愉悦を覚えるほど複雑な快楽、君に嗜《たしな》む素質はこれっぽっちもないと断言するね」

「だから来ただろ！」

建物の中で破裂音がして、消防隊員が警告を飛ばし合う。

「……どうして私がここにいると分かったんだい？」

「配達員の事を調べるなら社長かプレデアスに訊くと思った。まず奥田映写館を当たったら、先生が社長を訪ねて、伝票の名前を控えて行ったと教えてもらった。それで配送センターに行ったんだが、先生だけじゃなく配達員の兄貴も来たって言われて」

「広紀君だね」

「そんな奴はいない」

「え？」

幸多が唇の形を歪める時は、認めたくない事を言おうとして、葛藤《かっとう》が最後の諦めの悪さを発揮している証拠だ。彼は雪穂を見て、目を逸らし、不承不承の嘆息で自身の反抗的な口を抉《こ》じ開けた。

「飯田には妹しかいない。社長が割と世間話をするからな。兄弟の話題になった事はないか確認したら、引っ込み思案な妹だけだって話した事があった」

「じゃあ、広紀君は誰？」

「そこまでは調べられなかったけど、兄貴を名乗って先生を連れて行った時点で妙だから、配送センターで事情を説明して住所を聞き出して、自転車飛ばして来た。以上」

幸多は単純な方程式を解くみたいに根拠と行動を繋げて語る。推理に間違いがなく、その上、短時間で実行する事がどれだけ困難か、幸多は自覚しているだろうか。

じわじわと、雪穂の頬にくすぐったい感覚が込み上げる。

「ふふ、あはは」

「何が可笑《おか》しいんだよ。先生、死にかけたんだぞ」

不服そうな幸多が尚更、雪穂の笑みを満面に引き上げさせた。

「流石、名探偵クロネ君だ」

「……っ！　勝手に『名』とか付けるなよ。ハードル上がるだろ」

「御謙遜《ごけんそん》」

「過大評価だ」

「だったらますます、実力以上に頑張ってもらわないといけないな」

手は動くようになった。足にも力を入れられる。雪穂が膝を伸ばして立ち上がると、まだ少し眩暈がしてふらついた。

幸多が雪穂の腕を摑んで支える。心配そうに眉を顰めて、しかし、瞳の奥には今朝までの濁った迷いはない。

「奥田社長も峰岸《みねぎし》さんも、君に依頼したんだ。招キ《マネ》探偵事務所、クロネ所長」

「分かってる。犯行の見当は付いた」

荒れ狂う炎が退けられて、雲間から陽光が差した。

第三章　招キ探偵事務所

1

勢い飛び出したのが丸分かりだ。

幸多《こうた》は扉の隙間から事務所に滑り込んで、脱ぎ散らかした服や間違えて引っ張り出した書類を拾い集めた。

日頃は手狭に感じていたが、いざ片付けるとなるとやけに広く感じる。

部屋の中央に鎮座するのはレザーのカウチソファと収納付きロウテーブル。L字に配置したのは、正面に座ると威圧感を与えるとテレビで見た為だ。この部屋で書類仕事はしないので机はない。

東の壁に並ぶ三つの棚は、窓側から本棚、茶棚、コレクション棚だ。ブリキのバケツに鉢を入れた観葉植物は頂き物で、水受け皿がなく慌ててゴミ箱に突っ込んだのだが、一見すると洒落《しゃれ》て見えると言われたのでそのままにしている。

南面の窓からは表の通りが、西面の窓からは隣のビルの屋上が見える。

捲れ上がった絨毯《じゅうたん》の端を足で戻すと、北の壁に下げたカレンダーがひどく傾いているのが目に入った。

「手伝う?」

戸口に立つ雪穂《ゆきほ》は、荒れ果てた部屋とは別世界の住人みたいに暢気だ。まだ時々、足元がふらつくくせに、服を抱える幸多を面白がって眺めている。

「いい。最近、バイトのシフトを多く入れてたから」

「猫というより鳥の巣だね」

「招きじゃなくて閑古《かんこ》って? 先生は俺が調査に積極的じゃないって言うけど、依頼もされてない事件に、ほいほい首突っ込む訳にいかないだろ。国の後ろ盾がある警察と違っていつ捕まってもおかしくないんだ」

「実際、捕まったからね。今はもういいの?」

「……他人事じゃなくなったからな」

「捕まったものね」

幸多が動いたのは、友人——と思っている雪穂の生命が脅かされた故に他ならないが、本人にジョークみたいに言われては訂正するのも馬鹿らしくなる。わざわざ主張する気もないが。

それに、警察に連行された事自体には正直、幸多は安堵していた。自分が潔白である事は当然、分かっていたから、素人の糾弾を受けるより、警察に捜査される方が安全だと踏んでいた。

幸多は熊手《くまで》で落ち葉を掻くようにソファを占領する私物を除けた。

「座って、先生」

「ありがとう」

「病院で診《み》てもらえば良かったのに」

「綺麗な空気を吸ったから大丈夫」

雪穂の口調が穏《おだ》やかで安心したのも束の間、幸多は唐突《とうとつ》に埃が舞う事務所が気になり、窓を開けて外気を引き入れた。

気温がぐんと下がって、漸く重ねた紙束が不穏な音を立てる。書類の上に宇宙船のフィギュアを載せて、エアコンのスイッチを入れ、幸多は抱えた服を隣室に放り込んだ。

正確には、プライベートルームに続く廊下に投げ入れて片付けを後回しにする。服は春まで待ってくれるが、事件は急を要する事態に直面していた。

「情報が足りない」

「クロネ君。事件の見当が付いたのではなかったの?」

「見当は確信じゃない。当て推量で人を傷付けたら取り返しが付かないだろう」

「真面目だなあ」

「情けない事にただの自衛だ。信用商売だからな」

アルバイトで食い扶持《ぶち》を稼がなければ生きていけない現状で、冤罪を引き起こしたと噂が立てば事務所は解体だ。招《マ》キ《ネ》探偵事務所はまだ、賽《さい》の河原《かわら》並みにコツコツと実績という名の小石を積み上げている最中である。

「先生はいいのか？　仕事しなくて」

「フォントは一朝一夕では完成し得ないのだよ、クロネ君。気の遠くなるような文字数を一字一字、神経を研ぎ澄ませて完成させるにあたっては、時間を宇宙規模で知覚しなければ精神が壊れてしまう」

彼も亀《かめ》の歩みで小石を積んでいるようだ。

「先生、お茶飲む？」

「アールグレイにブランデーを入れてくれるかい？」

「茶と言えば煎茶《せんちゃ》一択」

「時々、君の方が叔父さんの甥《おい》なのではないかと思う事があるよ」

「エスプレッソマシーンを買ってくれとでも頼んで断られた？」

「名推理」

「やったぜ」

幸多は口先で喜んで、ポットの給水蓋を開けて湯量を確認した。水を足しておくのを忘れたが、四人分くらいはありそうだ。幸多が急須《きゅうす》に目分量で茶葉を入れ、お湯を注ぐと、待ちかねていたかのように茶柱が立った。

コンコン。

扉がノックされる。

「どうぞ」

幸多が言い終わるのを待たず、扉が開かれた。

「邪魔するぞ」

「叔父さん」

入って来たのは虎之助《とらのすけ》だ。珠子《たまこ》が後ろでコートを脱いで畳んでいる。

「失礼します。お二人ともお加減は如何ですか？」

「俺は擦り傷です。先生は」

幸多が見遣ると虎之助と珠子も雪穂を見たが、当の本人はへらへらと笑うばかりである。業を煮やしたように、虎之助が雪穂の頭を鷲掴みにした。

「心配を掛けるな。連絡を受けて肝《きも》が冷えたぞ」

「へへ」

「笑い事じゃない」

虎之助が手を開いて、雪穂の脳天を叩く。よくぞ言ってくれたと溜飲《りゅういん》を下げたのは幸多だけではないだろう。いつもなら虎之助を制する珠子も今日は知らぬ顔だ。

幸多は窓を閉めて、木製のブラインドで日差しを絞った。エアコンが効率良く室温を上げた。

「茶か。手伝うか？」

「もう淹《い》れ終わるから」

「遠慮するな」

虎之助が快活に笑ってトレイを摑む。彼が四つの湯呑《ゆの》みをテーブルに運ぶので、幸多は皆が座るのを待って、雪穂の隣に腰を落ち着けた。

「さて、火事について洗いざらい話してもらう」

虎之助が腿を打って場を引き締める。

「うーん、そうだなあ」

雪穂は湯呑みの上に手の平を行き来させて、立ち上る湯気と戯《たわむ》れた。

「放火だよね？　クロネ君」

「だろうな」

「…………」

「………」

「終わらせるな」

虎之助が沈黙を打ち破る。雪穂は何を話すべきか思い付かないという表情だ。人は興味を持てない話には記憶力も観察力も発揮しないものだが、雪穂は特に無頓着《むとんちゃく》である。

幸多は片付け損ねたスピーカーのリモコンをソファと自分の間から引き抜いて、テーブルへ移した。

「俺が着いた時、室内にはガスが充満してた。多分、コンロだと思う」

「そうそう、出て行く前にやかんを掛けたりしていたよ」

雪穂が釣られて記憶を手繰《たぐ》り寄せる。

「調書には目を通したが。配送センターで会った男だったな?」

「そうだよ。飯田《いいだ》君の職場」

「いなくなった配達員です」

雪穂が思い返しながら話す隣で、幸多はメモを取る珠子に補足した。雪穂が続ける。

「友達って嘘を吐いたのだけれどね、向こうも兄を名乗って、一緒に弟の部屋に行きましょうって誘われた」

「知らない人には付いて行くな。姉さんに教わらなかったのか」

「聞いた事はあるかもしれない」

「忘れるほど昔に聞いた奴は既に教える側の大人だぞ、史郎《しろう》」

雪穂はにこにこ笑って、傍《はた》から見ていても虎之助の言葉が響いた手応《てごた》えが全くない。

「まあいい。それで？」

虎之助が上体を引き起こす。幸多は彼の湯呑みに茶を注《つ》ぎ足《た》した。

「兄（偽）の広紀《ひろき》（仮）君がジュースを買いに行くって出かけた。部屋で待っていたら具合が悪くなって、クロネ君が来て、窓から担ぎ出された」

「調理台の縁にキッチンタイマーが見えたんだ。床にフライパンが置いてあったから、音の振動でタイマーが落下すれば、金属同士、火花が散って引火するだろ」

「鳴っていたねえ、ピピピピ」

「ギリギリセーフだったな」

「アウトです！」

珠子が手帳にギッと線を引いて、雪穂と幸多を鋭く見据えた。

「悪意ある殺人未遂だわ。私の所感、奇妙しいですか？　島虎《しまとら》さん」

「いいや。意図的な殺人装置だ」

虎之助は自身の腿に肘を突き、上体を傾けた。

「史郎。其奴《そいつ》について、覚えてる事を全部話してくれ」

「髪がピンク色してた。半分だけ。残りは黒。ブルーグレーっぽい上着と、ズボンは細かったかな。緑に白っぽい線で粗《あら》いチェックの柄」

「珠子、緊急手配だ」

「はい」

珠子が雑な人体図に特徴をメモして、スマートフォンで写真を撮り、本文を短く書き添えて送信する。

幸多は会話を聞きながら、嫌な想像をしてしまった。

「虎之助さん」

「おう」

「現場から飯田さんの遺体は出てないんですよね？　二階とか、収納とか」

「報告では死傷者ゼロだ」

虎之助の答えに、幸多は安堵と疑念が綯《な》い交《ま》ぜになるのを感じた。

「先生。玄関は開いてた？」

「広紀（仮）君が鍵を持っていた」

配送センターで声を掛けられた雪穂が、ピンクの髪の何某《なにがし》かを飯田の兄と信じた理由がようやっと垣間見《かいまみ》える。合《あ》い鍵《かぎ》を持つのは大抵、親族かそれに近しい関係の人物だ。

もし、赤の他人が鍵を持っていたならば。

幸多は虎之助を窺った。

虎之助が慎重な視線を返す。

「どう思う？」

「配達員の行方を知ってる可能性が高い」

「うむ。合い鍵をもらうような間柄の奴は、家主の不在中に部屋を燃やさないだろう」

しかし、まだ筋が通らない。幸多は冷めた茶で乾いた下唇を湿らせた。

「ピンク髪の偽兄が配達員を誘拐して、鍵を奪って、配達員を捜す友人と部屋を隠滅したとして、目的は？」

「叔父さん、答えてはいけないよ。クロネ君の自問自答だからね」

雪穂の気遣いは基本的にややずれている。

「心配するな、おれも分からん。幸多が犯人なら、配送に関してのみは解決だがな」

「まだ晴れてないの？　俺の容疑」

幸多が啞然として聞き返すと、珠子が虎之助を無言で見据える。虎之助は苦笑いで彼女を宥《なだ》めて、方々に誤魔化すように拳を額に当てた。

「幸多が犯人サイドの人間なら捜査情報より詳細を知ってる。犯人でないなら、此奴《こいつ》の勘は頼りになる。どっちにしろ話して損はないだろう」

虎之助が自身の失言に正当性を付与する。珠子は訝る眼差しを虎之助に刺していたが、最後には彼女手ずから捜査手帳を開いた。

「現段階で、現像所に脅迫文を作成した履歴は見付かりませんでした」

「では、現像所の人達は無関係ですか？」

幸多の問いに、珠子が虎之助を窺ったが、彼は止めるどころか背を押すように顎をしゃくる。珠子の頬が微かに膨れた。

「疑いを解く事は出来ません。字幕データは根本的な部分で改竄《かいざん》が行われていました」

「後から手を加えたのではなく？」

「はい。専門的な知識と相応の時間が必要になるという点で、幸多君は容疑から遠退《とおの》いたと言えるでしょう。私個人はスケープゴートの線を推します」

珠子が暗に示すのは、最も実直な推理だ。

現像所の内部に犯人がいて、脅迫文を交えた字幕を製作する。

一方で、ピンク髪の自称兄が飯田を誘拐、配送センターに穴を作る。物理的に人手を不足させる為だ。とは言え、プレデアス宛《あ》ての一件だけでは発送が受諾されてしまったかもしれないが、前日の字幕取り違えで物量は増していた。

該当地区を担当する配達員の無断欠勤。

大量の発送依頼。

断られる状況を作り、臨時の配達員が必要であると周囲を納得させた上で、外部の人間を引き入れて犯人に見せかける。幸多は運悪く生《い》け贄《にえ》にされたという訳だ。

「話は通りますが、不確実ですね」

「残念ながら」

珠子が流行《はや》りより若干太めの眉を下げる。

虎之助が急須を持って席を立ち、ポットで湯を足した。

「幸多が言う『確実』ってのは例えばどんなだ？」

「外部の介入に見せかけたいなら、脅迫文を別の場所から発送するだけで充分だ。他の映画館を巻き込む必要も、配達員を誘拐する必然性も、俺を巻き込む意味もない」

「字幕の取り違え。脅迫文。行方不明者と火事。それぞれ別件として扱うのが妥当《だとう》だな。まったく、紛らわしい偶然だ」

ポットの音で、湯の残量が限界だと分かる。

「叔父さん。脅迫文って要求は会長の辞任だけ？」

「そうだ。しかし、暗号にも見えてな。だけとは言い切れん」

「暗号！」

雪穂が目を輝かせた。

「見せて」

「史郎、お前な。流石に証拠そのものはまずいだろう」

虎之助が急須の茶を注いで四つの湯呑みを巡る。

「でも、見たいなあ。クロネ君も見たいでしょ」

「……虎之助さん。どうしても駄目？」

正直に包み隠さず言うと、幸多も見たい。

雪穂の物言いが能天気な分、余計に畏《かしこ》まって幸多は背筋を伸ばした。

虎之助が苦虫を嚙み潰したように引き結んだ唇を歪める。珠子は両手で湯呑みを傾け、傍観《ぼうかん》を決め込んでいる。

「まあ、あの場にいた招待客に訊けば分かる事だ」

虎之助は観念したように懐に手を入れ、四つ折りの紙をテーブルに広げた。

印刷されている画像は映画のワンシーンだ。

赤を基調にした部屋に女性が二人映っており、白抜きで字幕が表示されている。

『我□はプレデアスエンターテイメント、大河内会長の辞任を□求する』

二枚目と三枚目はこうだ。

『直ちに実行しなければ、類縁、□戚、遠祖末□に至るまで、災□が降りかかるだろう。死□□の道を往け。妄執の果てに□け』

「読めない」

雪穂が率直な感想を述べる。幸多は一枚目を手に取った。

「我らは会長の辞任を要求する、かな」

「親戚《しんせき》、末弟、災難。大意は掴める。だが、暗号の解読はさっぱりだ」

虎之助が四枚目を捲ると、ボールペンで様々な文字が書き殴られている。中には『ら』『要』もあり、幸多と同じ推測をしたのが見て取れた。

「クロスワードパズルでは、四角に入る文字を繋ぎ合わせると答えの文章が出るだろう？入りそうな文字を挙げて並べ替えてみたんだがどうにもこうにも」

何度も書いては塗《ぬ》り潰した痕がある。成果は上がっていないらしい。

読み解けない暗号は存在しない。ロックにセキュリティーキーが設定されるように、想定された受取人が解読する為の鍵を用意しなければ、暗号として機能しないからだ。

「分からんものは後回しだ」

虎之助が両手で腿を叩いて立ち上がった。

「ピンク髪の男を捕まえて配達員を保護する」

「史郎君。幸多君。御協力ありがとう。大変参考になりました」

珠子が丁寧にお辞儀をする。

「字幕の調査は続けてもいい？　調査の依頼を受けてるし」

幸多は虎之助達に尋ねたつもりだったが、正直な目線がロウテーブルに向いてしまう。

虎之助が嘆息混じりに紙を重ねて半分に折り、近くにいた雪穂に手渡した。

「無茶するなよ。警察では庇《かば》えないからな」

「——だって。クロネ君」

「先生に言ったんだろ」

「両方だ、小童共《こわっぱども》」

虎之助が目元を険しくして凄《すご》む。ベテラン刑事の貫禄《かんろく》に圧《お》されて、幸多と雪穂はぴたりと黙った。珠子が綻《ほころ》ぶ口許を押さえて、肩を震わせていた。

2

当てが外れた。

幸多の推理に大打撃を与えたのは、脅迫文に用いられた字幕データの形式《フォーマット》が玉鉤《ぎょくこう》現像所の正規データと違わない事実だった。

「クロネ君。お腹空《なか》かない？」

「！　もう三時か。昼食べ忘れた」

「地下はまだ開いていないね。階下《した》のドーナツにしようかな」

「客でもないのに迷惑だろ」

幸多は上着を探して、廊下に放り込んで誤魔化した事を思い出した。

「うわあ」

扉を開けると、若干長身の雪穂が後ろから覗き込んで、無感動な声を発した。

「クロネ君も自動掃除機を買ったらいいと思うよ」

「先生買ったの？」

幸多が尋ねると、雪穂は彼の腕の下から身体を潜り込ませて、服の山からキャメル色のダッフルコートを引《ひ》き摺《ず》り出す。人の服を物色してどうするつもりだろう。

「玉鉤現像所にあった。定時になるとタイマーで動いて、社員に帰宅を促すそうだよ」

「ホワイト企業」

雪穂が羽織に替えてダッフルコートを着た。焦げて煤《すす》が付いてしまったらしい。幸多は自分の服だと目くじらを立てる気も起きなくて、丈の短いピーコートに袖《そで》を通した。

エアコンを切って電気を消し、事務所を出ると、冷気がこぞって体温を奪おうとする。

「情報は足りたかい？」

「足りない。多い」

厳密には幸多が思い描いていた全体像に反する情報が増えたので、不足より厄介とも言える。難しく考え過ぎているのだろうか。

「何が邪魔なの？」

「事実に邪魔も何もないけど、現像所の内部犯はないと思ってたから」

不利過ぎるのだ。字幕を付けた会社の人間が脅迫状を仕込んだとしたら、ここにいます、捕まえて下さいと声高に叫ぶに等しい。

「内部？　うーん」

幸多が頭を抱えるのを眺める雪穂は、数時間前に殺されかけたとはとても思えない、長閑《のどか》な微笑みを浮かべている。

「先生の笑った顔はいつも幸せそうだなあ」

「今をとても楽しんでいるからね」

「最強だな。──先生？」

エレベーターの下降ボタンを押す幸多を素通りして、雪穂が階段へ向かった。

「ドーナツドーナツ」

雪穂の声が遠ざかる。エレベーターが着いてドアが開く。

初志貫徹する気構えらしい。幸多は空のエレベーターを送り、雪穂を追いかけた。

階段の途中には二ヵ所、鉄扉《てっぴ》が取り付けられている。扉に4F、3Fと書かれているが、階段側からは開かない。幸多が二階と三階を繋ぐ踊り場に差し掛かった時、2Fと書かれた鉄扉が閉まるのが見えた。

下方に冷気が立ち込めているのを肌で感じる。

幸多は這《は》い寄る寒さから逃げるように、2Fの鉄扉を開けた。

暖かい空気と明るい声が幸多を出迎えた。

エスカレーターを上って来る人々は心を躍らせて足取りも軽く、下りて来る人々は充足感に頬を紅潮させている。

軽食コーナーに並ぶ列はまだ短く、制服の店員がジュースディスペンサーの紙コップをセットして、注がれる間にスコップでポップコーンを掬《すく》う。チケットカウンターの方は閑散としていたが、予約座席の発券機は入れ替わり立ち替わり操作されて、黙々と職務をこなしている。

「幸多君、お帰り」

チケットカウンターから声を掛けられて、幸多は窓口に駆け寄った。内側には社長が座り、手前には雪穂がカウンターに肘を載せて立っている。

「ただいま戻りました」

「雪穂先生から話を聞いたところだよ。調査お疲れ様」

幸多が警察に留め置かれていた事は伝わっていないようだ。つまり無断欠勤である。

「連絡出来なくてすみません」

「気にしないで。本職が繁盛しているならそれに越した事はないんだから」

「君に何かあったんじゃないかって心配していたよ」

横から雪穂に耳打ちされて、社長の厚意が幸多の疲れた身に染みた。

元々、事務所の大家である彼が、依頼が少ない幸多に空き時間のアルバイトを提案してくれたのだが、彼にとっては幸多に支払ったアルバイト代が持ちビル内で循環して家賃として戻ってくるだけである。だからこそ、幸多は彼の厚意に胡座《あぐら》をかかず、しっかりと務めを果たしたかった。

「この件が解決したら、休んだ分もシフト入ります」

「そうしろー！　バイトがいないからたけみーが掃除もしてるんだからな」

「桃乃《ももの》。いたのか」

社長の陰から桃乃が顔を出す。幸多がカウンターに一歩近付いてみると、狭いスペースに座卓を置いて、桃乃と結仁《ゆに》がノートを広げている。

「妻の担当していた患者さんが今日退院だそうで、早めに夜勤に出たので」

幸多と目が合うと、結仁が教科書に視線を落として身を縮める。頻繁に顔を合わせる幸多に対してさえ未《いま》だに人見知りする結仁だが、姉の桃乃は人にも場所にも物怖《ものお》じする事なく、ノートを手に立ち上がった。

「雪穂さん。教えて」

「いい文字だね。丁寧に書いて覚えた跡が窺える」

場所と相手によらない事にかけては雪穂も大概だ。幸多は肝心の問題を見てみた。

「『面せき』って、漢字で書かないと分かり難《にく》くないか？」

幸多も余計な部分が気になってしまった。

「小三はまだ習ってない」

「何だ。結仁の宿題か」

弟に訊かれて、解けなかったらしい。桃乃がプロジェクションマッピングみたいに一瞬で真っ赤になった。

「本当は分かるけど！　あたしは自分の宿題で忙しいから！」

「貸してみな」

幸多がチケットの受け渡し口に手の平を置くと、桃乃が渋々という態《てい》を装ってノートを滑らせる。幸多は一読して、社長と桃乃の隙間から見え隠れする結仁に声を掛けた。

「へぇ、難しい問題やってるなあ。結仁」

「……うん」

「円の面積って小五か小六で習う問題だよな」

「小六！　塾は進みが早いんだよ」

桃乃の面目も保てたようだ。社長が二人に見えないように首を竦めて目礼する。

「円で思い出した。ドーナツ買って来る」

雪穂が躊躇いなくその場を離れて、軽食コーナーの列に並びに行ったので、幸多はカウンターの正面から一人分ずれて、改めて問題を一行ずつ追った。

文章が読み辛《づら》い。問題の内容は小学六年生レベルだが、文章は小学三年生で習う漢字が基準にされているからだ。使えない漢字が多過ぎる。

「――――」

仄《ほの》かに光るビー玉が、幸多の脳に直に当たる感覚がした。

「……こーたさん。ぼく、大丈夫です」

幸多がいつまでも答えないので、結仁に気を遣わせてしまったようだ。大人に甘えるのが下手な子供もいる。

「じゃあ、謎を解くヒントだけ作ってもいいか？」

「ヒント……」

結仁が少し目線を持ち上げた。

「なぞなぞ好き？」

「……ん」

「よし」

幸多は社長に断って白紙を一枚もらい、問題の図形に重ねて相棒を見失った半月の顔を描いた。トラックを走り回る兎《うさぎ》を足し、吹き出しを加えて財宝を探させる。そして、紙を折りたたみ、ノートの最後のページに挟んだ。

「どうぞ。秘密の地図だ」

「あの……ありがとう。こーたさん」

「こちらこそ」

「?」

幸多は礼を言って、チケットカウンターを後にした。程なく桃乃が「見せて」とはしゃぎ、社長が窘《たしな》める声が聞こえた。

3

雪穂がドーナツを割っている。

硬めの生地《きじ》に半分チョコレートを掛けた定番ドーナツだ。紙製のトレイにチュロス、アイスティー。そのどれにもfoodやcinemaといった英字が印刷されていた。

壁際の飲食スペースから二階ロビーを一望すれば、実に多くの文字が溢れている。映画のポスターに予告編の映像。館内の各設備の案内。パンフレット、グッズ。客が身に着ける服や鞄にも文字があしらわれていたが、よく見ると同じ文字でも物によって形状が異なった。

幸多はテーブルの方に向き直り、ホットコーヒーの紙コップを掴んだ。

「先生」

「何だい?」

「この書体は何？」

幸多が紙コップを指差すと、雪穂がドーナツを咀嚼《そしゃく》しながら焦点を定める。笑みが消えて、彼が常に笑っていたのだと再認識させられる。

雪穂は見た者を灼《や》き、貫くような眼差しで文字列を見据え、幸多の手首ごと紙コップを一周させた。

「旧 Linotype の Caslon Open Face だと思う」

厳しい表情から気が抜ける。雪穂は言い終えた口でドーナツを齧《かじ》った。

「セリフのヘアラインが繊細なんだ。影付きの文字にしては白のバランスが多めでレトロなデザインにも合う」

「台詞？　髪？」

「線の終わりに付いてる装飾だよ。作り手の個性が出る」

雪穂が指揮者の様に、指先を舞わせて宙に線を描く。

見れば、ホット用の紙コップの文字は直線の先端に三角形の飾りが付いているが、アイス用の紙コップの文字は端をカッターで切り落としたかのようにシンプルだ。

幸多は丸椅子の上で居《きょ》を正して、英字の紙コップとトレイの注意書きを並べた。

「先生はずっと文字作ってるだろ」

「仕事だからね」

「俺、先生と付き合い長いけど、完成したって聞いた事ない」

「自分の観測範囲のみで物事を判断する浅慮は、クロネ君が厭《いと》う愚行《ぐこう》のひとつではないのかな」

「ごめん。完成して——ないよな。うん」

言わずもがな、雪穂の大らかな微笑みが真実を物語っていた。

「先生が手間取ってるのって漢字が多いから？」

「ほう」

雪穂がチュロスを割る。

「手間は取られるのではなく愛を以《もっ》て掛けるのだと言いたいところだけれど、そうだよ。日本語は常用漢字だけで二千百三十六字ある。一日一文字作って、三年くらい？」

「約六年」

「だ」

「って事は」

幸多は脳が伸縮するのを感じた。

水を浴びて、種が芽吹き、ぐんぐんと茎を伸ばすように、謎が情報を吸収して枝分かれしながら論理を形成する。

（あの話は誰に聞いた？）

無数の分枝が伸びて、幸多の脳内を埋め尽くす。埒《らち》もない迷いに飲み込まれ、光が遮られる前に、想像を追い出し、予想を省き、不動の事実を選び取らなければならない。

事実、事実だ。ただひたすらに突き詰めるべきは事実事実事実事実事実事――

「――――」

狭まった幸多の視界に、火事とも脅迫とも無縁な物が入り込む。

雪穂が、割ったチュロスを幸多の方に傾けている。

(飯、忘れてた)

幸多は首を伸ばしてチュロスに齧り付いた。

糖分が身体に染みる。思考に力が宿る。

隅まで行き届いた思索は幸多の理解を明るくし、無数に分岐していた頼りない枝が一本、二本と消える感覚がした。

「先生」

「うん」

「作りかけのフォントで文字を打ったら、結仁のノートみたいになる?」

「打つ事は可能だ。まだ作っていない漢字を平仮名に開いて……成程」

雪穂が答える途中で方向転換して、破顔する。

「クロネ君の考えが分かった。答えは『いいえ』だ」

「じゃあ」

幸多は虎之助にもらった紙を広げた。

「代替の記号は設定に依存する」

雪穂が人差し指を紙面に立て、脅迫文に虫食う四角形の穴を突き刺した。

幸多の全身に確信が震えとなって走った。

「行き先は現像所かな」

「先生も行く？」

「勿論」

雪穂がアイスティーを飲み終えて、紙屑をトレイに集める。幸多はいつもの癖で一纏《ひとまと》めに受け取り、手早く分別してゴミ箱に捨てた。

「あと、ガスに引火する直前に先生が」

幸多は言い止して、コーヒーで口を塞いだ。ガスに引火などという物騒《ぶっそう》な単語は公の場では憚《はばか》られる。すれ違った客が一瞬こちらを見た気がして、幸多はスマートフォンで続きを書き、目の前の雪穂に送信した。

雪穂がメッセージを読んで、驚いた顔の絵文字を送ってきた。

「よく覚えていたね。君の言う通りだよ」

条件が揃った。幸多は両の拳を握り締めた。

瞬間、雪穂のスマートフォンが振動する。幸多は誤発信を疑って画面を見たが、幸多ではなかった。

「叔父さんから電話だ。もしもし」

雪穂が応えて映画館を出る人の流れから外れる。彼は非常口を開けて無人の階段に出ると、幸多が扉を閉めるのを待ってスピーカーに切り替えた。

『幸多もそこにいるのか？』

「いる」

虎之助の声が心なしか勇ましく聞こえる。

『ピンク髪の男が包囲網に引っかかった。警察官が職質中だ。これから引き継ぎに行く。お前らは安心して自分達の仕事をしていいぞ』

衣擦《きぬず》れと車のドアが閉まる音がして、虎之助は短い挨拶と共に通話を切った。

「クロネ君。タクシー拾う？」

「え……」

「怖い顔をしている。私には分からないけれど、君にとって叔父さんの電話は大変な報せだったのだろう」

「名推理」

幸多の苦笑いになってしまった冗談を、雪穂が溜め息で聞き流す。

「行き先は?」

「配給会社。峰岸《みねぎし》さんに会う」

幸多と雪穂は通りに出て、人を降ろしてまだ空車の表示にもなっていないタクシーに、押しかけるように乗り込んだ。


配給会社の終業時間には余裕を持って到着出来た。にも拘らず、タクシーがビルの正面に停まるのと殆ど同時に、正面玄関から出て来るスーツの集団に遭遇した。

峰岸もいる。

「先生、頼む」

幸多は雪穂に財布を預けて、一足先にタクシーを降り、峰岸を呼び止めた。

「峰岸さん」

「あっ」

峰岸が幸多に気付いて、同僚に言い置いて集団から外れる。彼は幸多を歩道の端に連れ出し、怯《おび》えるように声を落とした。

「探偵さん。内密にとお願いした筈です」

「知り合いにばったりで押し切って下さい。それより」

幸多は半歩前に踏み込んだ。

峰岸の喉が伸びて、喉仏《のどぼとけ》が上下する。

「飛び込みの探偵に依頼してまで解決を急いだのは、プレデアスエンターテイメントで映画公開記念パーティーが予定されていたからでは？」

峰岸は頻《しき》りに瞬きをしていたが、雪穂が支払いを済ませて加わり退路を断つと、諦めを含んだ面持ちで答え始めた。

「仰る通りです。プレデアスエンターテイメントは様々な娯楽事業を束ねる会社で、弊社にも多大なる影響力を持ちます。こちらに落ち度がなくとも事故は事故。会長のお耳に入る事は避けられません。会長は昔気質《むかしかたぎ》の厳格な人ですから、ミスがあれば原因が突き止められるまで関係者を糾弾《きゅうだん》します」

「勤め人は大変だなあ」

雪穂の素直な感想は、聞く者によっては腹立たしく、或いは悲痛に受け取られるかもしれない。峰岸はどちらかと言うと後者だ。

「パーティーまでに事態を収束させなければ、どの面下げて会長の前に立てますか。解決が早められるならば、あらゆる手を講じるべきと考えて依頼をしました。ですが、もっと悪い事態になってしまいました」

「脅迫文を見て、その後、会長はどうなりましたか？」

「そう、脅迫文を見て……は？」

性急に話を進めた幸多に、峰岸が一拍遅れて足並みを揃える。

「御存知でしたか。ええ、会長と御家族には警備が付きましたが、何事もなかったそうです。警察の事情聴取などで上映会後のパーティーが延期になりまして、今日これから仕切り直しを」

幸多は峰岸の肩口を摑んで迫り寄った。

「俺達も連れて行って下さい」

「はい？」

「お願いします」

雪穂が笑顔で距離を詰める。

目を白黒させる峰岸のスーツが冬風にはためいて、内ポケットにしまった招待状の封筒が覗いた。

＊＊＊

配送センターの監視カメラが決め手となった。

捜査対象者は俯いたり、くしゃみをするフリをしたりして巧《たく》みに入り口のカメラから人相を隠していたが、左手の人差し指にはめたシルバーのリングが何度か映り込んでいた。

リングはハイエナの上顎を象《かたど》っており、その特徴的な形状に警察官の一人、外縁交番勤務の小金井《こがねい》が注目した。小金井の同僚に信濃《しなの》という名の、趣味でデジタル画を描く男がいたのも幸いした。

信濃が画像を明瞭に加工し、警察官の間で共有した結果、よく似たアクセサリーを身に着けた男がワッフルパンケーキ店に現れたとの目撃情報が三池《みいけ》警察署に届けられた。

木島《きじま》と夙川《しゅくがわ》がパトカーで乗り付けた時、店の外では二人の警察官と黒髪にピンク色を差した男が押し問答をしていた。

「昼にパンケーキ食べる事は罪ですか？」

「これはただの職務質問でね」

「パンケーキの店がなければ、僕は食べなかったんです。食べようがなかった。一度だけ麻薬を買った市民と、大勢に売った売人と、作って卸《おろ》す組織、誰が最も重罪ですか？」

「刑の重さで言ったら組織だろうけれども……」

「ですよねー！」

「いや、全員有罪だから。お巡りさんは罪を犯した人を捕まえるのが仕事だから」

「だったら、店を先に取り締まって下さい。悪のパンケーキ店だ」

「パンケーキに罪はない！」

男の服装は雪穂の証言とは当然異なるが、服に少し興味のある者が見れば系統が似通っている事は分かるだろう。詳しい者がいればブランドも同じだと気付けたかもしれない。細身のパンツにファー付きのモッズコートを着込んで、編み上げのブーツで固めた足は警察官がいない方へ重心が寄っている。

太陽が雲に覆われると、彼は肩を窄《すぼ》めてその場で足踏みをした。

「おう。それじゃあ、寒くない？　解散しようよ。人類、身体を冷やすといい事ないって」

「お巡りさん、寒くない？　解散しようよ。人類、身体を冷やすといい事ないって」

編み上げブーツが両の靴底で地面を踏んで止まる。

警察官二人の背筋が伸びるのを見て、男は振り返る間に表情を改めた。

「僕に御用ですか？」

「三池警察署の木島だ。捜査中の事件について目撃証言を集めて歩いてる」

「お疲れ様です」

「しれっと言ってくれるな。君にも御協力願いたい。飯田広紀《いいだひろき》君」

木島が呼びかける。

二人が交わした視線に、どれほど膨大な量の読み合いが行き来しただろう。

飯田広紀と呼ばれたピンク色の髪の男は、不意に頭を掻《か》き毟《むし》ったかと思うと、観念したようにだらりと腕を下ろした。

「三池警察署の木島さん。日本でパンケーキを食べる事が罪だったとしたら、提供した店と買った僕、どちらの罪が重いですか？」

「何を言ってるんだ、お前」

男が頭を振ると、入り乱れて混ざった黒髪とピンク色の髪が綺麗に分かれる。

木島は夙川が彼の退路に立つのを目視して、訝しげに答えた。

「売る方が重い罪に問われる場合が多かろうな」

「でも、犯罪の教唆と幇助《ほうじょ》は、実行犯より軽いですよね。食べてはどうですかーって唆《そそのか》しても、食べるというなら作りますって手伝わされても、主犯より罪が重くなる事はありません——よね？」

「意味が分からん。パンケーキなんざ食いたい奴が勝手に食えばいいだろ」

「それなら、僕も勝手にさせて下さい」

「あ？」

木島の苛立ちが語調を強くさせる。彼らを避けて歩道を迂回していた人々が、すれ違い様に振り向いて忍び見る。

男は悠然と構えていたが、会話の合間に小さく息を吐いた。

夙川がその些細《ささい》な仕草《しぐさ》に目を留めた。

「教唆、及び幇助は準犯罪と見做《みな》される傾向にあります。しかしながら、教唆の域を超えた『依頼』或いは『強要』であった場合、主犯の立場が入れ替わる事は大いにあるのではないでしょうか」

突然答えた夙川に、木島が弛《ゆる》んだ瞼を押し上げたのは一瞬だ。木島が得たりと前を向き直った時、男はハイエナのリングを着けた手を挙げた。

「洗いざらい話します」

「証言として記録するぞ？」

「どうぞ」

男が挙げた手を裏返して木島に向ける。

「僕がやりました。字幕を書き換えたハードディスクドライブを作って、飯田和紀《かずき》の家にガスを充満させて火を点けました」

「……何の為に？」

夙川が慎重に男の挙動に注意を払いながら、最小限の言葉で尋ねる。

男がにやりと口角を上げる。

「飯田和紀に頼まれて」

4

パンケーキ店から客が出て来る。開かれた扉から場違いに甘い香りがした。

プレデアスエンターテイメントが急遽《きゅうきょ》押さえたパーティー会場は、当初開く予定だった場所に比べて控えめな規模となった。

来日していた海外製作陣は大半が帰国して、俳優は数えるほどもいない。

プレデアスエンターテイメント、現像所、配給会社、取引クラウドリストに載る技師、翻訳家、デザイナー、脚本家などが招待され、内輪の慰労会の様相を呈しつつあった。

ホテルの地下フロアに『「傘でフランスを歩きませんか」公開記念パーティー』の文字が掲げられる。会場の入り口に白い布をかけた机が用意され、受付に当たるプレデアスエンターテイメントの社員が招待状を確認し、入場証のクリップを渡す。

会場前にスーツ姿の社員がずらりと並び、取引相手と挨拶を交わして中へ案内する。

「同行者二名です」

峰岸が封筒を出して申請すると、受付の男性社員が怪訝そうな目付きで雪穂と幸多の全身を眺め回した。多くの社員がスーツで身を固める中で、二人とも大学にでも通うような格好をしているのだから、不審がるのが彼の役目というものである。

「こちらに御記帳お願いします」

「はーい」

雪穂が筆ペンを手に取り、達筆で氏名と住所を書き綴る。並べて書くと幸多の拙い筆致が際立って、文字達も肩身が狭そうに身を細めて見える。

「こちらを付けて会場でお待ち下さい」

受付の社員は峰岸にオレンジ色のクリップを、雪穂と幸多に黄色のクリップを用意して、開け放された会場の入り口を指し示した。

「あ、ひょっとして本社の受付にいる人では？」

幸多は男性社員の隣に立つ女性社員に声を掛けた。彼女のネイルに見覚えがあったからだ。

「はい、そうですが」

「ひとつだけ訊いていい？」

決して好意的な態度ではなかったが、彼女は幸多の質問に正確に答えてくれた。

「どうもありがとう」

「間もなく始まります。会場へお入り下さい」

横から男性社員に急《せ》かされて、幸多は二人に会釈をして峰岸と雪穂に合流し直した。

会場内は既に各社の社員と招待客で賑《にぎ》わっていた。

「お飲み物をどうぞ」

ホテルのスタッフがトレイに酒のグラスを取り揃えて三人を出迎える。

「わたしはここで」

峰岸は飲み物を断ると、そそくさと幸多達から離れた。極個人的な依頼だ。同僚に知られても良くないのだろう。

雪穂がシャンパングラスを取る。幸多は烏龍茶《ウーロンちゃ》のグラスを受け取り、その重さを手の平に馴染ませた。

「あれっ、雪穂さんと」

聞き覚えのある声が聞こえてそちらを見ると、会場内に点在する丸テーブルのひとつを、見知った顔触れが囲んでいる。

「釈放されたんすか？」

「逮捕されてないから」

知糸《ちいと》に指を差されて、幸多は出来得る限り紳士的に彼女の腕を押し下げた。

「君達も招待されていたんだねぇ」

雪穂はまるで、自分はいて当然だとでも言うような口振りである。知糸は彼の態度を鵜呑《うの》みにして、ビールのグラスを掲げてみせた。

「日程が変わって人数が減った分の穴埋めに決まってる。所長命令なのに残業代も出ないし。せめて夕飯しっかり食べて帰らないと」

「飲み過ぎるなよ、知糸。終わったら会社に戻るんだからな」

「存じ上げてござそーろー」

注意してきた四葉《よつば》に、知糸はおざなりに答えた傍《そば》からビールを呷《あお》った。テーブルには泡の残りまで底に流れ落ちた空のグラスが散見される。

四葉は気まずいのだろう。幸多を視界に入れないようにして、雪穂に話しかけた。

「ファイルの件、ありがとうございました」

「無実は証明出来たかい？」

「まだですが……」

四葉が物憂《ものう》げに俯く。警察は社内に脅迫者がいる可能性が高いと考えているが、現像所の社内調査では飽くまで外部犯と報告したようだ。でなければ、親会社《プレデアス》主催のパーティーに呼ばれない。

「先生、演壇の近くに」

「そうだね。知糸君、四葉君。また後で」

「押っ忍」

「失礼します」

知糸ばかりか、四葉までもが丁寧に雪穂を見送る。

「俺がいない間に何かあった？」

「まあね」

笑ってはぐらかされた。幸多は烏龍茶を半分飲んで、グラスを雪穂に押し付けた。

演壇正面のテーブルに近付くと、如何にも重鎮といった風体の招待客が集まっているのが分かった。幸多はスマートフォンでプレデアスエンターテイメントのサイトを開いた。大河内会長の写真と照らし合わせたが、本人はまだ来ていないようだ。

「！」

照明が絞られる。暗くなるに連れて人々の話し声が小さくなっていく。

ステージ横のスクリーンに映像が映し出された。

『カサフランカ』の予告映像だ。

「感動の嵐《あらし》が大陸を越えて日本へ届く『傘でフランスを歩きませんか』。あなたの運命もまた傘の下に」

ナレーションに合わせてタイトルが表示されると、会場から拍手が起きた。

「それでは、プレデアスエンターテイメント会長、大河内嗣唯《つぐただ》より皆様へ御挨拶《ごあいさつ》を申し上げます。壇上に御注目下さい」

司会者が演壇に視線を向ける。スポットライトが中央に当てられて、再び会場から拍手が送られる。小学生の孫らしき少年に手を取られて、羽織袴《はおりはかま》の老翁が登壇した。

スクリーンには無音で『カサフランカ』のダイジェスト映像が映し出されている。

「皆様、本日はようこそおいで下さいました。今年はプレデアスエンターテイメント、創業五十年の節目の年でございます。このような佳《よ》き年、に……？」

会長が違和感に弁舌を鈍らせた原因は会場の招待客だ。決して声は高くないが、葉擦れの様な囁《ささや》き声が場の空気に波紋を立てる。

招待客の気を散らした元を辿ると、彼らの視線は演壇からスクリーンに向けられつつあった。

『カサフランカ』の映像にノイズが入る。飛蚊症《ひぶんしょう》の様な汚れが画面に重なっては、網膜に残像を焼き付けて消える。鮮やかな赤い色は徐々に濃くなり、字幕を部分的に染め抜いて、見る者に一定の文字の並びを繰り返しているのだと勘付かせた。

「大」

誰かが声にする。

「河、内、会」

「長に」

「大河内会長に……」

文字が意味を紡《つむ》ぎ始める。

「制裁を」

悪意が、赤く光った。

会場が一際大きなざわめきに翻弄《ほんろう》される。会長自身も、孫も、司会者も、映像に目を奪われた刹那の間隙だ。薄暗い会場から影が飛び出して壇上に駆け上がろうとした。

「先生!」

幸多は床を蹴った。彼の足では間に合わない。

「えい」

雪穂が悠長な口調とは対極に、鋭いモーションで右腕を振り抜く。

ソフトドリンク用の重いグラスが烏龍茶を撒《ま》き散《ち》らして一直線に飛ぶ。グラスの底が側頭部を直撃して影が怯んだ。

追い付いた。

幸多が影に手を伸ばすと、相手も咄嗟《とっさ》に腕を振り回す。バチバチと弾ける音がして白い光が走る。スタンガンだ。

幸多は上体を反らし、身体ごと傾けて避け、円を描く動作の延長で左に回り込むが早いか影の手首を摑んで背中へ捻じ上げた。

「うっ」

影が呻《うめ》いて抵抗する。

幸多は踝《くるぶし》の下を払って影を床に転がし、俯《うつぶ》せに押さえ付けて、最後に左足でスタンガンを蹴り飛ばした。

無力と化した黒い塊《かたまり》が床を滑ってテーブルクロスの下に潜り込む。

映像が消えて会場の照明が真昼の様な明るさに戻る。

押し寄せ、踏み止《とど》まった人垣の間から、四葉が伏せられた男を見て声を上げた。

「飯田橋《いいだばし》⁉」

彼の顔は、幸多にも何度か見た覚えがあった。だが、名前が微妙に異なる。幸多が知る彼は、先週まで奥田《おくだ》映写館を担当していた配達員だ。

「飯田さん？」

幸多の問いかけに、男が下唇を噛む。

通報はホテルのスタッフが済ませただろう。

幸多はしぶとい抵抗を押さえ込み、壇上で鬼の形相《ぎょうそう》をする会長を見上げた。

「大河内会長。人払いをお願いします」

「ふざ、こんな、貴様」

会長は未《いま》だ平静な精神状態とは程遠いらしい。怒りが先に立って罵倒《ばとう》が覚束ない。孫が心配そうに会長を支えて二の腕を摩《さす》っている。

「警察の到着まで、有意義なお話が聞けるかもしれないね」

雪穂がグラスを拾って暢気に微笑む。

「恨みの矛先《ほこさき》って何なのかなあ」

「……いいだろう。但し、出て行くのは我々だ」

会長が渋面を浮かべながらも、司会者に指示を言い置いて演壇を下りる。

孫が何度も振り返る。

幸多は乱入者を引き立たせ、会長の後に続いた。

5

規則的に連なる灯《あか》りが黒い地表に波を描く。遠景に望む大地の果ては吸い込まれるように暗く、空に瞬く筈の星は欠片《かけら》も見当たらない。

窓に映る部屋は、宿泊用ではなさそうだ。バスルームもクロゼットもなく、室内に設えられた設備といえば天井のシャンデリアと壁の照明程度である。

調度品も同様で、ディナーテーブルを八つの椅子が囲んでいる以外は、給仕に使うのであろう小振りのテーブルとシャガールの模写しかない。

会長の控え室として使われていたのだろう。テーブルの中央には銀色のトレイがあり、そこに置かれた砂糖とシナモンの瓶に使用した形跡が残る。椅子のひとつには子供用のコートも掛けられていた。

二人で使うには充分過ぎる広さだが、今は閉塞《へいそく》感すら感じる。

幸多は引き摺るように連れて来た男を、力尽くで椅子に座らせた。

男は眼光鋭く幸多を睨んだが、扉の前に仁王立ちする警備員を見て目元を翳《かげ》らせる。抵抗は諦めたようだ。しかし、テーブルの正面に座する会長を見据えると、烈火の様な怒りを滾らせた。

「まず——」

会長が口を開く。彼は丸い爪《つめ》でテーブルを弾いて、幸多と雪穂の視線を引き付けた。

「暴漢を捕らえてくれた事には礼を言う。が、貴様らは何者だ？」

「俺は黒音《くろね》幸多といいます。探偵をしています」

「私は名もないフォントデザイナーだよ」

会長の眉間にほうれい線より深く皺が刻まれるのも道理だ。幸多は名刺をテーブルに置いたが、会長の不信感は拭えなかったらしい。剣呑《けんのん》な雰囲気に和らぐ兆《きざ》しは皆無である。

「デザイナーはともかく、探偵が何故パーティーに紛れていた？」

会長に言われて、幸多は雪穂の肩書の方が場に馴染んでいるのだと思い至った。弁明をしなければならないのは幸多だけだ。

「何だね」

「いいえ。俺は字幕の不具合について調査依頼を受けて、一連の過程を調べていました」

「依頼だと？」

会長が眼球をぎょろりと剝く。

「依頼人とは保護契約を交わしています。社の為に中立な調査機関を雇ったと考えて頂ければ幸いです」

「よかろう。して、暴漢。貴様は？」

改めて注意深く観察すると、男はこれといって特徴のない顔立ちをしている。奥田社長の話では二十代前半と言ったか。中肉中背に安価のスーツを纏い、ネクタイは柄の目立たない紺色だ。眉に白い毛が数本混じっており、髪は染めているのだと分かった。

待てど暮らせど彼は一向に言葉を発しようとしない。

「俺は配達員の『飯田』という人物だと思っていました」

「配達員に報復を受ける謂《いわ》れはないが」

会長の疑問は如何にも尤もだ。幸多は飯田が自ら語るのを待ちたかったが、彼は頑《かたく》なに拒絶して、迷う素振りすら見せない。

会長が痺れを切らしたように指を握り込むのを見て、幸多は諦めざるを得なくなった。

「俺が知る限りで説明します」

会長が手を解く。飯田は微動だにせず、幸多の声が届いている実感さえ得られない。

雪穂が誰より興味を示している状況に疑念を呈したい思いに駆られながら、幸多は会長と飯田がよく見える位置に移動した。

「まず、上映会で脅迫状が公開された前日、各地の映画館で上映事故が起きました。新作『カサフランカ』に別の字幕が表示された一件です」

「報告は受けている」

「使用された字幕は一年前の映画のものでした」

「その映画である事に意味があると言うのかね？」

「いいえ。しかし、重要な情報です」

幸多は会長への明確な返答を保留して、飯田の反応に意識の大部分を割《さ》いた。

「配給会社と現像所は、正常に保存されたＨＤＤと交換する事で対処に当たりました。しかし、予備を大量に余らせておく類いの物ではないようですね」

「当然だ。どれだけの製造コストが掛かると思っている」

会長が飯田を睨《ね》め付ける。飯田の上体が僅かに前傾したので、幸多は彼と一歩分距離を詰めて牽制《けんせい》しておいた。飯田が察知して、背もたれに身体を預ける。気が抜けない。

「現像所は追加で製造をして、該当の映画館に発送しました。プレデアスエンターテイメント本社も対象です。念の為に検品をした完全なＨＤＤを用意したのだと聞いています」

「それに脅迫文が入っていたのだ。犯人は現像所の社員か？」

「いいえ。現像所から脅迫文と合致するデータは発見されませんでした」

「では、配達中にすり替えられたのだろう」

「ところが、その時は配送センターが人手不足でバイク便を手配出来ず、臨時で配達に回ったのは他でもない俺なんです」

「！　貴様も犯人の仲間か」

会長が椅子を倒さんばかりの勢いで立ち上がった。

「まあまあ、座って。人の話は最後まで聞いた方がいい事があるよ」

雪穂が毒気のない笑顔で会長を宥める。会長は雪穂に不機嫌の矛先を向けたが、雪穂が馬の耳より無関心に受け流していると気が付くのにさほど時間は必要なかった。

「クロネ君。続き」

幸多は雪穂に頷き返して、話を戻した。

「プレデアスエンターテイメントに配達に行ったのは確かに俺です。でも、俺が完全なHDDを届けても、カステラを届けても、事態は変わらなかったと断言出来ます」

「どういう事だ?」

「さっき会場に入る時、本社で受付をしている人に話を聞く事が出来ました。訊いたのは一点です。『上映会のHDDを届けたのはいつもの配達員だった?』」

鳴りを潜めていた空調が温かい風を送り出す。微温《ぬる》い空気の流れと微かな埃の匂いが居合わせる者の頬を撫でて通り過ぎる。

「彼女はしっかりと記憶していました。『いつもの配達員から受け取って、自分の手で社内試写室に届けた』って」

「記憶出来ていないではないか。その日に配達をしたのは臨時の探偵だったのだろう」

「はい。彼女が嘘を吐いた可能性は皆無ではありません。しかし仮に、彼女の記憶が正しければどうでしょう?」

幸多は何も無理に持論を通そうという訳ではない。

一日に何百人とすれ違う場所でも、繰り返し遭遇する者がいれば自然と記憶に書き込まれる。業務で定期的に訪れる相手なら尚更だ。

現に、奥田映写館では社長が配達員の顔と名前を覚えていた。

「正しければ……いつもの配達員から受け取って、自分が届けた」

「そうです」

「受付の社員が掏り替えたとも考えられんか?」

「だとしたら、俺の所為にすればいい」

「つまり、受付は本当にいつもの配達員から荷を受け取った」

「現像所が発送を頼む配送会社で、プレデアスエンターテイメントが含まれる区域を常任担当する配達員が飯田さんです」

厳密には、休日のシフトを組む為、実際には常任とサポートの計二人で地区を担当していると配送センターで聞いたが、サポートの社員は無断欠勤した飯田のフォローで忙殺されており、犯行に携わる自由がなかった事も確認出来ている。

「全部、三池の捜査区分内で話を聞き易くてラッキーと思っていたのだけれど、必然だったみたいだね」

雪穂が感嘆して語尾を飯田に向けた。飯田が居心地悪そうに目を逸らす。

「その男が脅迫状をうちの会社に届けたのか」

「おそらく。緊急だとか重要な荷らしいと一言添えれば、受付の社員に手ずから映写室へ届けさせる事が出来ます。俺が届けた荷は今も社内の何処かに放置されているでしょう」

不足には迅速な対応が求められるが、重複や余剰は黙殺されがちだ。

会長がゆっくりとテーブルを叩く。赤ん坊を寝かし付けるのに似た拍子《ひょうし》は、彼自身の考えを落ち着かせているのかもしれない。

「そこの配達員が脅迫状を運んだ。要するに、結局のところ、首謀者は誰だ？ ライバル社の差し金か、それとも傘下の犯行か？」

「字幕の書き換えについては、少し回り道をしなければなりません」

幸多は上着とズボンのポケットを上から探って、四つ折りの紙を広げた。

「脅迫状の画面を印刷したものです」

『我□はプレデアスエンターテイメント、大河内会長の辞任を□求する。直ちに実行しなければ、類縁、□戚、遠祖末□に至るまで、災□が降りかかるだろう。死□□□の道を往け。妄執の果てに□け』

虎之助を悩ませた文面には、虫が食ったように穴が空いている。

「忌々《いまいま》しい。あの日の事を思い出すと腹立たしくて臍《へそ》が捩《ね》じ切れそうだ」

会長が吐き捨てるように詰って紙から顔を背ける。

「では、こちらを見て下さい」

幸多は重なった紙をずらした。一枚目から三枚目までは脅迫状が表示された映像のスクリーンショットだ。そして四枚目には、同じ映像に若干異なる文章が記されていた。

会長が薄眼で字幕を捉えて、目を瞠《みは》った。

『我〻はプレデアスエンターテイメント、大河内会長の辞任を欣求する。直ちに実行しなければ、類縁、姻戚、遠祖末裔に至るまで、災禍が降りかかるだろう。死屍累累の道を往け。妄執の果てに逝け』

「文字が埋まっている……これは何の映像だ?」

「プレデアスエンターテイメントに届いた脅迫状のデータです」

「解《わか》るように説明しろ」

会長が幸多を責《せ》っ付く。だが、幸多より適任がいた。

「先生、頼めるか?」

「いいよー」

雪穂が会長と飯田の中間の椅子を引き、テーブルに着いた。

「会長さん。フォントって知ってる?」

「文字の種類だろう。それくらい分かる」

「正解」

雪穂は満面の笑みで一枚目の紙を裏返し、ボールペンでアルファベットを綴り始めた。タイプライターで打ち出したのかと思うほど正確で美しい筆致に暫時《ざんじ》、目を奪われる。

「英字の場合は大文字二十六字、小文字二十六字、プラス記号で構成される。日本語はどうかな」

「五十音というのだから五十だろう」

「惜しい。濁点と半濁点付き、拗《よう》・促音《そくおん》用の小文字を入れて八十三字だよ」

幸多には全く惜しく聞こえないが、雪穂はお世辞を言える人間ではないから、彼の感性では確かに惜しいのだろう。会長は幸多の感覚に近いらしく、不愉快そうにしている。

「カタカナが八十一字、常用漢字が二千百三十六字。フォントは文字に番号を割り振って、データベースから呼び出す事で画面に表示している。だから、データベースにない文字は打っても表示されないんだ。子供が習っていない漢字を書けないようにね」

「フォントにない文字だったと言うのか? だが、『姻』などさして難しい漢字ではない。他の映画では問題なく使われている筈だ」

「他の映画では。でも『カサフランカ』では使えなかった」

雪穂が会長の反駁《はんばく》をのらりくらりといなす。

「映写技師さんや配給会社の人に聞いたのだけれど、映画のデータは大きいのだって」

「講釈を聞くまでもない。昨今は映像美と立体的な音響が求められている」

「そうだねえ。最近の映画は綺麗だ。まるで本物の夜空を見ているかのように錯覚する」

「先生」

雪穂の話が道を逸れたので、幸多はアイコンタクトで呼び戻した。

「ごめん、字幕だね。そう、『カサフランカ』の字幕は玉鉤現像所で作られた。字幕班の人によると、完成したら現像班に『字幕とフォントセットを渡す』んだって」

会長には未だ伝わらない様子だ。雪穂が詳しく言い換える。

「フォントセットというのは、さっき話した文字のデータベースだ。玉鉤現像所では全映画に社内のオリジナルフォントを使用している。全映画で共通なら毎回いちいちフォントセットを渡すのは奇妙しい。――って言いたいんだよね？　クロネ君」

「うん。データ量を少しでも軽くする方策と併せると、字幕班が渡すフォントセットは、使われる文字だけ抜き出した縮小版ではないかと推測出来る」

四枚目の脅迫状は、実際に脅迫状の字幕データを欠落のないフォントセットに通したものだ。パーティー前で知糸には連絡が付かなかったが、虎之助に頼んで玉鉤現像所に依頼してもらった甲斐《かい》があった。

「内部犯ならフォントセットにも手を加える事が出来ました。一方で、ファイルの状態やセキュリティーキーを知る者でなければ、字幕の部分的な書き換えは不可能です」

「内部情報に詳しい外部犯だと？　此奴は配達員ではないか」

会長が語調を荒らげて飯田を睨む。

「飯田さん」

幸多はもう一度、彼が話すのを待った。しかし、拒絶は変わらなかった。

「答えを知る人に聞きたいと思います」

幸多は入り口の扉を開けて、廊下のソファベンチで待つ二人に目配せをした。一人は機敏な動作で立ち上がり、もう一人は先延ばしにするようにのろのろと歩いて来る。幸多は二人を部屋に入れて、扉を警備員に預けた。

「大河内さん。こちらは玉鉤現像所の知糸さんと四葉さんです」

面識はないらしい。

会長が目を眇《すが》めて二人を捉えると、四葉が礼儀正しくお辞儀をする。知糸も彼に倣おうとしたが、見えない大岩に閊《つか》えたみたいに上体が止まった。

そして、飯田を見てひどく表情を歪めた。

「飯田橋さん……」

飯田の肩が僅かに動く。視線が彼女の方へ動くのを堪えているのが分かる。

「どういった知り合いかね？」

会長の訝しげな問いに、知糸は答え渋《しぶ》っていたが、四葉の態度は冷静だった。

「飯田橋和紀。半年前に玉鉤現像所を退職した現像班の社員です」

空調が止まり、奥歯を擦り合わせる音が聞こえた。

＊＊＊

学生証と本人を交互に見て、木島は茫然としていた。

写真には長い黒髪を三つ編みにした無愛想《ぶあいそう》な少女が写っている。

「飯田広紀、改め、海老塚志摩子《えびづかしまこ》」

「はい」

右腕が真っ直ぐ上に挙げられると、ピンク色の髪が左へ流れて細い眉を露にした。

ワッフルパンケーキの店の前で確認していたら、もう一騒ぎ起きていただろう。木島の性急な連行が功を奏したとも言えたが、本人は微塵も幸運には感じていないようだった。

「性別はいい。男に見えようが女に見えようが男だろうが女だろうがおれ達の仕事に変わりはねえ。だが、年齢は別だぞ。高校一年生？」

「はい」

海老塚がまたわざとらしく挙手をする。

「それはもういい」

木島は気怠《けだる》げに手を振って、学生証を夙川に渡した。

「優秀なウィルスを作る子って小中学生が多いんですよ。脳が柔軟で罪悪感が小さいって専門家には分析されてますけど、向こう見ずで暇なんでしょう。僕もそうです」

「バイ菌に優秀なんて評価はない。自分は機械に強いって言いたいんだな？」

「木島さん。とことん単純明快ですね。理解が早くていい」

「見下してんのか」

「喜んでるんです。ややこしいのは苦手で」

海老塚が、お前はどうだとでも言いたげに夙川を見上げる。夙川は直前まで面食らった顔をしていたが、海老塚の視線を敏感に察知して感情を隠した。

海老塚はにやにやと笑っている。

「兄でもない。年齢も下。飯田に頼まれたってのも嘘か？」

「すぐばれる嘘は吐きません」

「学生証一枚でばれる嘘吐いたじゃねえか。机を蹴るな」

木島が注意すると、海老塚は不規則に揺らしていた足を床に下ろして、椅子に浅く腰かけ直した。

「本当に頼まれたんです。データの書き換えに詳しい人と機材が要るって、知り合いの知り合いの知り合いの、とにかく人伝《ひとづて》に紹介されたのが飯田でした。映画のデジタルデータとファイル構成、ファイル名とセキュリティーキーの法則を渡されて、字幕に脅迫状を仕込んで欲しいと言われました」

「それがどうしてガス爆発に繋がる？」

「証拠になるものを全て処分しろって言われたんです」

「……………」

木島は、軽妙な口調で語る海老塚の瞳を凝視した。鋸《のこぎり》の様に鋭くしつこく眼球を刺し、脳を抉《えぐ》り、頭蓋まで見通す眼差しだ。

「お前、嘘は吐いてないが、隠し事をしてるな？」

「怖《こわ》」

海老塚が仰々しく身を竦めて茶化《ちゃか》したが、笑みは何処かぎこちない。海老塚自身、怯んでしまったのを自覚したのだろう。靴の踵を床に放り出した。

「サンプルとして一年前の映画の字幕データをもらったんです。それから彼が配達する予定の『カサフランカ』のＨＤＤ、配送センターで仕分け前の荷物です。そんなの、試したくなるじゃないですか」

「何を？」

「ランダムにピックアップしたＨＤＤの字幕データを入れ替えてみようかなって」

海老塚は投げ遣《なや》りな言い草だ。

木島と夙川が、言葉を失う。

「こっちは機材まで用意してるんですよ。脅迫状二通作って出番終了なんて、つまらないじゃないですか。そうしたら激怒、怒髪天《どはつてん》を衝《つ》く。証拠を一切合切消せって言って、本人も姿を消してしまいました。だから、最後のお願いを聞いたんです」

「『証拠を消せ』」

「綺麗に跡形もなく」

「……人諸共《もろとも》か」

「飯田に関連《じぶん》するものは何も残すなと言われましたから」

海老塚が従順を装い、真面目な顔で恐ろしい理屈を言ってのけた。

飯田が抹消を依頼したのは、海老塚に預けたサンプルである事は疑いようがない。だが、海老塚は叱られた腹いせに曲解して飯田の家を荒らしたばかりか、自己保身の為に雪穂をも巻き込んだ。

飯田が見付かり、犯行が明るみに出れば、海老塚の身も危ういからだ。

木島の手の甲に血管が浮く。

「島虎《しまとら》さん、抑えて下さい」

「分かってる」

海老塚は知らない。

「あの火事、死傷者はいなかったみたいですね。助かりました。ばれてしまった以上、罪は軽い方がいいですから」

「島虎さん」

夙川が制する。

海老塚は知らないから平然としていられるのだ。人が生命を奪われかけた事の重大さを。失われかけた生命が木島の身内である事を。

「島虎さん！」


ゴッ。


骨が骨を捉えた音が響いた。

木島の拳が、彼自身の腿に突き立てられている。

下を向いて深呼吸をする木島に、海老塚が不可解そうに眉を顰めた。

「鍵はどうした」

「え?」

木島が頭を振り上げる。馬が轡《くつわ》を嚙むように、堪えて嚙み合わせた口許から鋭利な歯が覗く。海老塚が気圧《けお》されて、年相応の幼い顔付きになった。

「鍵は何処で手に入れた?」

「……か、ぎは」

海老塚が取り繕《とつくろ》い損ねて口籠《くちご》もる。

「正当な方法で入手したのではないようですね。飯田から盗んだか、不法侵入して合い鍵を見付けたというところかしら」

夙川の予想が的を得ている事は、海老塚の顔色を見れば問《と》い質《ただ》すまでもなかった。

「僕は頼まれただけだ」

「『誰が持っている』証拠を消せと言われたって?」

木島が低く問い直すと、海老塚と、夙川までもが目を瞠る。

「成程! 渡されたデータの処分を強《し》いられた事に腹を立てて、故意に拡大解釈して飯田の自宅破壊を目論《もくろ》んだという事ですね」

「腹を立てた訳じゃない」

言い返した海老塚の論点は、苦し紛れの囀《さえず》りに等しい。

「おう。最初からじっくり聞かせてくれ。愚痴が混じっても、脱線してもいいぞ。気が済むまで付き合ってやる」

木島が怒りを追い払って腰を据える。夙川が記録用のパソコンに向き直る。

海老塚が恨めしげに二人を睨んで、ピンク色の髪を掻き毟った。

＊　＊　＊

飯田の様子が急変した。

それは決して極端な変化ではなかったが、定まらない眼球の動きや僅かに引き上げられた踵、乾いたままの唇などから見て取る事が出来た。

「飯田橋さん、と改めて呼ばせてもらいます」

会長と、四葉、知糸それぞれに戸惑いが見え隠れする。

「現像班に余分にあった机は、あなたの席ですか？」

幸多が玉鉤現像所で訪れた現像班には整然と片付いた机が五台置かれていた。社員は青山《やま》、逸瀬《いつせ》、鹿野《しかの》、四葉の四人。仮に五人目が休みだったとして、前日からイレギュラーな仕事で忙殺されると分かっていながら、振替出勤等《など》の手を打たないとは考え難い。

幸多の推理と呼ぶには拙い思い付きの背を押したのは、雪穂の言だ。

獲得した手段の合法性が問われる為、公にするのは躊躇われるが、雪穂が飯田橋の家のクロゼットで目撃したという給与明細である。紙の色が異なる二種類が意味するのは、飯田橋の転職ではないか。

幸多の確認に、飯田橋は幸多の存在ごと無視を決め込んでいる。代わりに答えてくれたのは知糸だった。

「飯田橋さんは、半年前に会社を辞めました。体調を崩したって聞いたけど……」

「辞める数ヵ月前から休みがちではあったのです。朝起きられないと言って遅刻をするようになり、連絡もなく欠勤する日が増えました」

四葉が苦み走った顔で話を続ける。

飯田橋の姿勢が、先程までに比べて明らかに前傾している。

「不誠実な勤務態度が問題視されて、解雇されたのです」

「僕じゃない！」

突如、飯田橋が金切り声を上げて机に突っ伏した。

彼は額をテーブルに押し付けて、折りたたんだ腕で頭を抱え、拳を顳顬《こめかみ》に当てる。丸めた背中が荒い呼吸で上下する。踵と膝が踠《もが》くように跳ねて、時折、絨毯を踏み鳴らした。

「飯田橋?」

「僕は辞めたくなかった。有休で一時的に休ませて欲しいと言ったんだ」

籠もった声の振動が、テーブルを伝う。

会長が波から逃れるように微かに腕を引いた。

「好きな映画に携われて、得意分野のエンジニアで、家族も友達も応援してくれた。僕は恵まれてる。僕は幸運だ。ちょっと忙しいくらい何だ。贅沢な悩みだ。充実してるんだと思ってた。思おうとしたんだ。だけど」

飯田橋が右拳を数センチ持ち上げて、テーブルに落とす。

「目覚ましが鳴って目が覚めて、起きようと思っているのに身体が動かない。着替えようとすると手が震えて、会社に電話をしようとしたら肋骨を貫きそうなくらい動悸がして、涙が止まらなかった」

再び彼の右拳が、今度は頭より高く持ち上がってテーブルに振り下ろされる。

「少し休めば頑張れたんだ。なのに、何で……っ！」

天板全体が鳴るほどに重い拳を叩き付けて、飯田橋は動きを止めた。

腕の隙間から啜《すす》り哭《な》く声が聞こえる。剝き出しの頸《くび》が今にも折れそうに見えた。

「解雇になった報復に親会社の長を脅したか。将来性のない陳腐《ちんぷ》な発想だな」

会長が溜め息と共に吐き出した。

飯田橋が上体を跳ね上げる。

「計画はあった！　大河内家が経営から降りて圧政を止めれば、僕のように苦しんでいる社員が声を上げ易くなる。心ある人間が上に立てば、会社全体がよくなって――」

「それが小者の浅知恵だと言っている」

会長の胴間声が室内に響き渡った。加齢で筋肉は落ち、皮膚の上から骨格が透けるほど痩《や》せた身体から発せられた事に、直に聞いた幸多でさえ驚きを隠せない。真っ向から罵倒された飯田橋のみならず、知糸に四葉までもが金縛りにあったように棒立ちになった。

「悪逆の長が代われば組織が劇的に改善されるなど、組織を率いた事のない者達の夢物語だ。英雄譚《えいゆうたん》は人心を心地よく惑わせる。だが、現実は物語の様に劇的ではない。長を引き摺り下ろして、組織を立て直せる才覚を持つ者は、引き摺り下ろすまでもなく組織を内側から変えている。長の交代は所詮《しょせん》、行き着く先の結果よ」

「結果？」

「そんな事も分からぬ者共が結果だけを先に成し遂げたとて、枝葉を少しばかり弄《いじ》って似通った体制を維持するか、奇抜なだけの愚策で屋台骨をへし折って組織ごと潰すのが関の山だ。今回の様にな」

言葉の量と圧に潰されて、茫然とする事しか出来ないでいる飯田橋に、会長は眼差しを落胆の色に染めた。

「貴様は自ら人生を叩き折った。解雇は英断だった」

「い、いくら会長でも言い方ってもんがあるんじゃないすか」

「知糸」

四葉が厳しい声音で引き止めたが、知糸は彼の腕を押し退けて幸多より前に出た。

「是れ則《すなわ》ち、口が過ぎるって奴です！　苦しんでる相手に追い討ちをかけて追い詰めるなんざ、人道に悖《もと》る巨悪の所業でしょ」

「苦しんでいる人間なら、何をしても許されると言うのかね？」

会長には動揺も焦りもない。

「何をしてもはないですけど」

「彼はどうだ。その男の社会の歯車一枚外せない自己満足で、どれだけの人間が迷惑を被《こうむ》った？　多くの映画館が上映中止を余儀なくされて、公開記念パーティーに参列予定だった海外スタッフは来日スケジュールを狂わされて、多くの人間が手ぶらで帰国する羽目になった」

激昂《げきこう》して知糸の目に溜まっていた涙が溢れ出して、悔しそうに唇を嚙み締める。

彼女を映す飯田橋の瞳が、小石を投げ込まれた水面の様にひどく歪んだ。

「映画館のディスクに細工したのは僕じゃない」

「実行犯が誰であろうと同じ事。貴様が計画し、社外秘の情報を持ち出したのは太陽が東から昇って西に沈むに等しい事実だ。間違っているかね？　探偵とやら」

問われてしまえば、幸多には首を縦に振る外ない。

事実は事実だ。

飯田橋は犯罪計画を練り、実行に移し、損害を与えた。

「傷付いたから。苦しんだから。自分には幸せな人間の足を引っ張る権利があるとでも勘違いしているようだが、貴様に摑める足などない。せいぜい直属の上司が責任を取らされて終いだろう。子会社の運営は子会社に任せている」

「駄目だ……こんな筈じゃ……」

会長に言い込められて、飯田橋が思い出したように四葉を振り返る。

四葉は薄く開いていた口を固く噤《つぐ》んで、好意には遠い顔をした。前髪の陰で複雑に歪んだ眉が、飯田橋への同情と侮蔑《ぶべつ》を消化出来ないでいる。

現像班の誰かが、飯田橋解雇の責を負わされる。知糸も他人事ではないかもしれない。

飯田橋の起こした事件が玉鉤現像所全体に波及しないとは言い切れなかった。

「話は済んだ。後は警察に任せる」

会長が椅子を引く。

飯田橋は深く項垂《うなだ》れて、最早警戒するまでもない。

幸多は会長に進路を譲って右足を下げた。

(仕事はした)

探偵が行うのは事実の解明で、人間関係は各自で修復してもらわなければならない。家を飛び出した犬と飼い主にも、親権を争った夫婦と子供にも、幸多は事実を伝えるだけだ。第三者の口出しは無用の長物である。

(飯田橋さんは依頼人じゃない)

大人の分別で今後の事を考えれば、会長に睨まれる方が厄介だ。

「君達には襲撃を防いでもらったのだったな。謝礼を送らせる。名刺をもらっておこう」

幸多のような後ろ盾のない個人事業主は、権力者に恩を売っておくのも良い。

先に渡した名刺が、テーブルの彼方《かなた》に置き去りにされている。幸多はコートのポケットに手をやり、捻った上体の延長線上で、雪穂と視線がぶつかった。

雪穂は下ろした両手の指先を合わせてこちらを見ている。彼の双眸にあるのはいつでも、そこはかとない好奇心だ。彼の目が幸多を鏡の様に映すから、幸多は自分の姿を直視せざるを得なくなる。

幸多が左に身体を傾けると、会長と行き合って歩が止まった。幸多が右へ動くと、左へ避けようとした会長とまた対面する。今度は会長が右へ回ろうとしたので、幸多は足を合わせて彼の行く手を遮った。会長が煩わしそうに眉根を寄せた。

「わざとやっているんじゃないだろうね」

非常に答え難い。幸多は無駄だと思いながらも断りを入れておく事にした。

「大河内会長。俺はどっちに肩入れする気もありません。事実を明らかにするのは探偵の性分です」

「事実は把握した」

「いいえ。会長は一点、隠蔽に加担しています」

会長が目尻《めじり》を痙攣《けいれん》させる。

幸多は腹を括って、負債を覚悟した。

「先程、飯田橋さんの解雇について処罰をするとしたら、直属の上司だと言いました」

「会社は労働実態を把握していなかった。監督責任を果たさなかったのは、セクションの管理者だろう」

「知っていたんです。会社も、会長も」

幸多は敢《あ》えて断言して記憶の欠片を繋ぎ合わせた。

「玉鉤現像所には自動掃除機が導入されています。終業時間になるとタイマーでフロアの清掃を始めるそうです」

「会社は正しく指導をしていた証拠だ」

「——という理論武装」

途端に会長に凄まれて、幸多は帰りたい気持ちが膨らむのを全力で抑えた。

「知糸さんが面白い呼び方をしていたと聞いています。だよな、先生」

「えーと、地獄の使い……悪の手先」

雪穂が顔に似合わない単語を並べる。

「知糸さん。真意は則ち？」

「悪魔の手先じゃないすか。あんなもんで帰る奴はいませんって。帰ったらノルマが終わらないんだから」

「掃除機は定時退社の実績に貢献していない」

「皆無ですね。皆、休憩して終わる頃に戻って来ます。追い払ったのに勝手に残って仕事してたお前らが悪いって責任転嫁する為の悪の道具っすよ」

知糸の物言いはともすれば大仰に聞こえたが、実感の籠《こ》もった声音に加えて、冷静な四葉の沈黙が信憑《しんぴょう》性を高めた。

「玉鉤現像所は社員の労働時間に問題があると認識した上で現実的な対策を講じなかった。それから、プレデアスエンターテイメント」

幸多は会長を身体の真正面に捉えた。

「解雇された穴に増員はされず、現像班は残業を強いられていました。映画のＨＤＤの編集、製作を発注する際に、当然すべき人道的な納期交渉は行われたのでしょうか？」

「子会社の事情など知らん」

「信じます。しかし、今日までの事です。大河内会長」

会長は飯田橋の存在を知った。飯田橋の思いを聞いた。幸多と雪穂が証人だ。

「見て見ぬ振りを続けて労働基準監督署が動く前に、会議を開いた方が良いのでは？」

「余計な入れ知恵をしおって」

年齢を重ねると、舌打ちにも年季が入るらしい。幸多は会長の重厚な苛立ちに晒《さら》されて、逃げ回りたい衝動を微笑みの下に押し止めた。

会長が幸多を躱《かわ》して戸口へ向かう。睨まれた警備員はとばっちりだ。扉が開かれ、会長が部屋を去ると、入れ違いで制服の男が入って来た。

警備員より重装備の、警察官である。

「宜しいですか？」

まだ若く見える警察官二人が飯田橋の傍に付き、幸多に尋ねた。通報からの時間を考えれば、疾うに到着していても奇妙しくない。

「いつから外にいたんですか？」

「危険があればすぐに飛び込むよう、木島刑事の指示を受けて待機しておりました」

「ありがとうございます」

「こちらこそ。御協力感謝します」

二人の警察官は幸多と雪穂、知糸、四葉に堅苦しい会釈をすると、飯田橋を促した。

飯田橋がテーブルに手を突いて、重い毛布を引き摺るかのように立ち上がる。だが抵抗の意思は見えない。彼は警察官の指示に従い、四葉と知糸の前で歩を弛めた。

「四葉、ごめん。青山さんと皆に謝っておいてくれるかな」

「……いいだろう」

「知糸さんも、ありがとう」

知糸が瞼を腫《は》らして頭を振る。

彼の罪は消えない。

相手がどれほどの悪であろうとも、飯田橋が手放し、失ったものは返って来ない。

「御迷惑をおかけしました」

飯田橋が幸多と雪穂にお辞儀をする。頭を上げた彼の口許が微かに綻ぶ。

幸多は未熟な喪失感が慰められるのを感じた。

6

柔らかい音が懐かしい曲を奏《かな》でる。時折、混じるノイズは針の戯《たわむ》れだ。

壁一面に飾られたレコードジャケットの中に忘れていた曲名を見付けて、幸多は銀色のスプーンでタコライスを掬《すく》った。

厨房《ちゅうぼう》が店内の大半を占め、コの字に残された狭いフロアに設置されたテーブルは六卓しかない。バーカウンターにスツールでも置ければ良いのだろうが、現状でもテーブル席とカウンターの間は客と店員が譲り合って漸くすれ違える程度の幅しかなかった。

酒の種類は豊富で、料理は目を瞑って頼んでも外れがない。コールドプレスを用いたカクテルなど需要も高いだろうに、店長は規模を拡張する気はないようだった。

「叔父さんから。脅迫と営業妨害で立件出来そうだって」

雪穂がスマートフォンを幸多に寄越して、サーモンとクリームチーズのカナッペからイクラを除《の》ける。キツネ色に焼いたフランスパンを咀嚼する音は小気味好い。

虎之助のショートメッセージには、雪穂が要約した以上の情報は記されていなかった。事件を止められた安堵はあったが、事件関係者のこれからを考えると憂《うれ》いが露と消える日は暫く先になるだろう。

飯田橋が穏やかだった。知糸と四葉に礼を言われた。峰岸が胸を撫で下ろした。

別れ際に見た人々の記憶が寄り集まって、幸多の心に空いた穴を塞いでいる。それは時に零《こぼ》れ落ちて乾いた風を通したが、決して幸多の中からなくなる事はない。

「まだまだもらってばかりだ」

幸多が唸る向かいの席で、雪穂がやけに晴れやかな表情をしている。箸《はし》の進みも普段以上に滑らかだ。

文字を作り終わったのではない事は確かだし、こども書道教室の前日はもそもそ飯を啄《ついば》む事が多い。行けば楽しくなるくせに、一旦面倒になって渋るのが雪穂の通例《デフォルト》だ。

何がこれほど彼を上機嫌にさせているのだろう。雪穂の考えは天気図より読み難い。

画面が消える。幸多はスマートフォンの上下を返してテーブルに置いた。

「訊いてなかった」

「うん？」

雪穂がワイングラスを持つ手を止めて、耳を傾ける。

「先生はどうしてこの件に積極的だったんだ？　正直言って怪しかったんだけど、字幕に興味があったからってだけじゃないだろ」

「何の話かな」

雪穂は生まれてこの方後ろ暗いところなどないみたいに、朗らかな笑みを咲かせた。

「そう言う気がしてた」

幸多は嘆息して眉間の皺を解いた。

人の言動には例外なく、そこに至る経緯とその者なりの理由がある。事件の謎と違うのは、必ずしも詳《つまび》らかにする必要はないという事だ。

未だに雪穂の意図は分からない。

だが、彼がいなければ、今夜は味のしない酒を飲んでいただろう。

「ごちそうさまでした」

雪穂が空の皿に手を合わせる。彼はスマートフォンをしまい、千円札を数枚、シュガーポットの下に挟んだ。

「クロネ君は？」

「もう少し飲んでいく」

「翌日に書道教室がない人は平和でいいね」

「恨み言、ピンポイント過ぎるだろ」

いつもの前日いやいや期が始まったようだ。

「おやすみ、先生」

幸多が微苦笑して送り出すと、雪穂が不承不承コートに腕を通す。

「おやすみ」

拗《す》ねたような声音で言い残して、しかし、閉まる扉の隙間から見えたのはやはり上機嫌な雪穂の横顔だ。

微かなノイズと共に音が途切れて、別の曲が流れる。

幸多は再び曲名を探して、壁一面のレコードジャケットを眺めた。

＊　＊　＊

大きな木製の扉を閉めて、階段を上る。

空は月も星もなく漆黒《しっこく》の墨を流し込んだように暗かったが、雪穂が立つ地上にはまだキラキラと人の灯《とも》りが点されていた。

振り返ると階段の傍の壁に板チョコレートほどのプレートが埋め込まれている。刻まれているのはカーブに癖のあるVoluta Script、雪穂が食事を終えたばかりのバーの名だ。

そのまま目線を引き上げていくと、シックな筑紫《つくし》アンティークSゴシックをベースに作られた奥田映写館のロゴが視界に入って、キネマの文字が雪穂を手招きする。

寄り道したい衝動に駆られるが、今日は帰って明日の準備をしなければならない。

そうして夜空を仰いで額を反らすと、シンプルな游明朝が控えめにその名を綴った。

『招キ探偵事務所』

雪穂の口角が自然と上がる。

「私は、気に入った映画は何度でも観たい性質《たち》なんだ」

独白して背を返し、雪穂は幸せな気持ちで帰路に就いた。

あとがき

こんにちは。この度は『招キ探偵事務所』をお手に取って頂き、誠にありがとうございます。

皆様には、小さい頃は食べられなかったけれど、今は食べられるようになった物はありますか？

私はゴボウがそうです。それから、ワサビ、ネギ、マンゴー、唐辛子。

人間は毒と腐敗物を避ける為、本能的に苦味と酸味を忌避するといいますが、何がどう働いて食べられるようになるのでしょうか。

まず考えられるのは学習です。

この苦味は食べても毒ではない。果物の酸味は腐敗ではない。腐りかけの果物も美味《おい》しい。経験によって安全が確立された食べ物は多くあります。もし単純に本能的な拒絶であったならば、個人の中でもこのような学習が行われているかもしれません。

次に考えられるのは慣れです。

忍者が幼児期から少量ずつ毒を摂取して身体を慣らし、毒の効《き》き難《にく》い体質を作ったというのとは若干異なるかもしれませんが、苦味に対して味覚が耐性を持って食べられるようになる事があります。

更に考えられるのが癖です。

これが曲者《くせもの》です。苦いけどその苦味が美味しい。酸っぱいけどその酸味が心地よい。辛いけどその辛さが病みつきになる。こうなると可食を超えて大好きに転じます。心理によるものか、脳内物質の働きか、癖になるとは恐ろしくも興味深い現象です。

そして、全てに共通するのは、本人の意思と時期があるという事です。

タイミングと言い換える事も出来ます。食べ物に限らず、人間と世界のあらゆる現象はタイミングが鍵を握っています。宇宙の創生すらありとあらゆる事象のタイミング次第で、銀河系が消えたり、惑星が生まれたりします。

ひとつのものをずっと好きでいられる事は才能です。一生大事にする価値のある素晴らしい出会いです。

同時に、ひとつのものを継続して永遠に好きでいる事は義務ではないと思います。今はとても好きで、以前はもしかしたら苦手で、未来で少し疎遠になったとしても、その先の未来では今以上に好きになるかもしれません。

今好きだからといって責任を感じる事も、今は苦手だからといって可能性を摘《つ》み取る事もなく、自分にとってのよきタイミングであるか否かではないでしょうか。

本作は、今の私が一番書きたかったお話です。

あなたの人生の何処《どこ》かでタイミングが合ったら本として幸せだなあと思います。よかったら試してみてください。

最後に、絵から線一本まで優しく素敵な装画を手がけてくださったハルカゼ様、制作から印刷、運搬、販売、あらゆる場所でこの本に携わってくださった方々に感謝の気持ちをお送りします。

そして、お手に取ってくださった皆様へ。あなたの存在が、この一冊の存在証明です。

ありがとうございます。

また何処かでお目にかかれる事を心より願っております。

高里椎奈

本書は書き下ろしです。

〈著者紹介〉
高里椎奈（たかさと・しいな）
12月27日生まれ。1999年、『銀の檻を溶かして　薬屋探偵妖綺談』で第11回メフィスト賞を受賞しデビュー。「薬屋探偵」シリーズで人気を集める。『うちの執事が言うことには』（角川文庫）など著作多数。

招《まね》キ探偵《たんてい》事務所《じむしょ》
字幕泥棒《じまくどろぼう》をさがせ

2018年3月20日　第1刷発行　　定価はカバーに表示してあります

著者……………………高里椎奈《たかさとしいな》

発行者……………………渡瀬昌彦
発行所……………………株式会社 講談社
〒112-8001 東京都文京区音羽2-12-21
編集03-5395-3506
販売03-5395-5817
業務03-5395-3615

本文データ制作…………講談社デジタル製作
印刷……………………豊国印刷株式会社
製本……………………株式会社国宝社
カバー印刷……………慶昌堂印刷株式会社
装丁フォーマット………ムシカゴグラフィクス
本文フォーマット………next door design

ISBN978-4-06-294108-2　N.D.C.913　220p　15cm

講談社
タイガ

異端審問ラボシリーズ

高里椎奈

異端審問ラボ

魔女の事件簿2

イラスト
スオウ

門《ゲート》が開くと人が死ぬ——。外界から隔離された天蓋《てんがい》の中で完全に管理された生活をおくる千鳥《チドリ》と鶫《ツグミ》、そして鳶《トビ》の三人。年に一度、遠く離れて暮らす家族とカードを送り合うイベントで皆がわき立つ中、次々と不審な事件が発生する。水のない街中で起きた溺死事件。火の気のない場所で火傷のような症状で息絶えた死体の謎。頻発する小火《ぼや》騒ぎ。不気味な噂と不可解な事件の関係とは……⁉